若おかみの夏

小料理のどか屋 人情帖29

倉阪鬼一郎

時代小説

二見時代小説文庫

若おかみの夏——小料理のどか屋人情帖29

目次

若おかみの夏　小料理のどか屋 人情帖29・主な登場人物

時吉《ときち》……横山町《よこやまちょう》の、のどか屋の主《あるじ》。元は大和梨川藩《やまとなしがわはん》の侍・磯貝徳右衛門《いそがいとくえもん》。

千吉《せんきち》……のどか屋の跡取り。長吉・時吉の下で修業を積み、来年からは若主《あるじ》となる。

およう……千吉の求婚を受けた娘。早くも周りから若おかみと呼ばれている。

おちよ……時吉の女房。時吉の師匠で料理人の長吉の娘。

長　吉《ちょうきち》……浅草の福井町でその名のとおり、長吉屋という料理屋を営む。時吉の師匠。

大橋季川《おおはしきせん》……季川は俳号。のどか屋の常連にしておちよの俳句の師匠でもある。

信兵衛《しんべえ》……旅籠の元締め。消失したのどか屋を横山町の旅籠で再開するよう計らう。

升造《ますぞう》……元締めの信兵衛が持っている旅籠、大松屋《おおまつ》の跡取り息子。千吉の友。

おうの……信兵衛の旅籠の助っ人役となることに決まった娘。

安東満三郎《あんどうみつさぶろう》……隠密仕事をする黒四組《くろよんぐみ》のかしら。甘いものに目がない、のどか屋の常連。

万年平之助《まんねんへいのすけ》……安東配下の隠密廻り同心、「幽霊同心」とも呼ばれる。千吉と仲が良い。

信五郎《しんごろう》……馬喰町の力屋《ちからや》という飯屋の主。のどか屋にいた猫が棲みつき猫縁者となる。

おせい……おようの母。夫、仁次郎《じんじろう》を亡くし、つまみかんざしの内職で生計をたてる。

大三郎《だいざぶろう》……つまみかんざしの職人。前夫と死別したおせいと所帯を持つ。

おもん……錺《かざり》職人の夫、安兵衛《やすべえ》が女と逃げてしまい、足の悪い息子宗兵衛《そうべえ》を抱え……

第一章　天麩羅《てんぷら》づくし

一

「はい、お膳、あと少しでございます」

のどか屋の見世《みせ》先で、いい声が響いた。

「おっ、なんとか滑りこんだぜ」

「危ねえとこだった」

なじみの左官衆が胸をなでおろしてのれんをくぐった。

横山町《よこやまちょう》の旅籠《はたご》付きの小料理屋としてそれなりに名が通っているのどか屋では、もっぱら泊まり客に供する朝の膳に加えて、中食《ちゅうじき》の膳も出す。この昼の膳が終われば、中休みを経て二幕目だ。そこではうまい酒と肴《さかな》が出る。

「いらっしゃいまし」

おかみのおちよがすぐさま言った。

「こちら、お相席《あいせき》でお願いいたします」

見世の名にちなんで「の」の字を散らしたあたたかな色合いの着物に身を包んだ娘が、小気味いい身ぶりをまじえて言った。

若おかみのおようだ。

祝言《しゅうげん》を挙げるのは来年だが、悦《よろこ》ばしい縁が結ばれて跡取り息子の千吉《せんきち》のいいなずけになった。ために、若おかみと呼ばれている。

「お待たせいたしました。山菜《さんさい》おこわ膳でございます」

おちよが膳を運んでいった。

「こちらもお待たせでした」

長くのどか屋を手伝っているおけいも続く。

「おっ、うまそうだな」

「刺身もついてるのか」

受け取った客が笑顔で言った。

「はい。鯛《たい》と鱚《きす》のお刺身です」

おちよが告げた。

「活《い》きのいい鱚は刺身がおいしいんで」

厨《くりや》で手を動かしながら、千吉が言った。

今日は午《うま》の日だ。あるじの時吉《ときち》は、午の日と子《ね》の日だけ浅草《あさくさ》の長吉屋《ちょうきちや》へ指南役に行く。その日の厨は跡取り息子の千吉のつとめだ。

おちよの父で、時吉の料理の師匠でもある長吉は、来年にも隠居して、日《ひ》の本《もと》じゅうに散らばっている弟子の見世を一軒ずつたずねて回るという宿願を抱いている。ついでに神社仏閣にも詣でるつもりだから、長い旅になりそうだ。

長吉の跡を任せられるのは、人柄も腕も申し分がない娘婿の時吉よりほかに考えられなかった。横山町からなら通いで花板《はないた》をつとめることができる。仕込みなどは弟子に任せて戻れば、旅籠のあるじとの二役もできる。

父が長吉屋にいるあいだ、のどか屋の厨を預かるのが千吉だ。いまは縁あって花板をつとめている上野黒門町《うえのくろもんちょう》の紅葉屋《もみじや》と掛け持ちだが、そちらのほうは女料理人のお登勢《とせ》と跡取り息子の丈助《じょうすけ》に任せ、来年からは晴れてのどか屋の若あるじになるという段取りになっていた。

「お膳、お待たせいたしました」

おようが座敷に盆を運んだ。

「今日は藤かい、若おかみ」

「いい按配の色合いじゃねえか」

客がおようの髷《まげ》を指さして言った。

「ありがたく存じます。おっかさんがつくってくれたんです」

おようは笑顔で答えた。

おようは筋のいい蕎麦《そば》屋《や》だった父を早くに亡くした。母のおせいはつまみかんざしづくりの親方の大三郎《だいざぶろう》に見初《みそ》められて後妻になった。おようには儀助《ぎすけ》という弟がいる。

その母がつくってくれた藤のつまみかんざしが髷を飾っている。おようものどか屋のつとめを終えたら本所《ほんじょ》に戻り、義父と母のつとめを手伝っている。千吉と祝言を挙げ、晴れて一緒に暮らしはじめるのは年が明けてからだから、まだ半年あまりも先の話だ。

「うめえな。このおこわ」

「独活《うど》に蕨《わらび》に筍《たけのこ》、どれもいい按配だぜ」

客の評判は上々だった。

「ありがたく存じます」

千吉は満面に笑みを浮かべた。

それぞれにあくを抜く手間をかけているから、具をほめてもらえるとことのほかうれしい。

「おっと、油揚げを忘れちゃいけねえ」

「炊き込み飯でもそうだが、いい脇役をやってくれてるぜ」

べつの客が言った。

こちらも熱い湯をかけて油抜きをし、細い短冊切りにしてある。ちらし寿司などでも渋いつとめを果たす名脇役だ。

「あとどれくらい？　千吉」

おちよが口早に問うた。

「んー……あと四人分」

千吉は指を四本立てた。

「承知で」

おちよがさっと動いて表に出た。

小太郎《こたろう》としょう、二匹の雄猫もなぜかついてくる。

のどか屋は一に小料理、二に旅籠、三、四はなくて五は猫屋、と言われたりしている。五匹も猫がいることにかけた調子のいい文句だ。

初代のどかの生まれ変わりの二代目のどか、いくたびもいい子を産んでくれた目の青い白猫のゆき、それに、ひとかどの猫らしくなってきたいちばん若いふく、小太郎と黒猫のしょうを加えて五匹だ。

「わしまで回るか？」

のしのしと歩いてきた武家がおちよに訊いた。

なじみの武家の室口《むろぐち》源《げん》左《ざ》衛門《えもん》だ。珍しく中食に足を運んでくれた。

「大丈夫でございますよ」

おちよが笑顔で答えた。

「あ、そちらのお客さままでで」

おけいが声をかけ、さっと立て札を置いた。

こう記されている。

中食うりきれました
またのおこしを
のどか屋

二

中食が終わり、短い中休みが終わると、のどか屋は二幕目に入る。

のれんを出してすぐさまやってきたのは、元締めの信兵衛《しんべえ》だった。腰を悪くして巳《み》の日だけ療治がてら泊まりに来る俳諧師《はいかいし》の大橋季川《おおはしきせん》と並ぶ、のどか屋の常連の両大関だ。

「助っ人役の娘さんがどうやら決まりそうだよ」

信兵衛は上機嫌で言った。

「ひょっとして、また下に『う』のつく娘さんですか？」

おちよが問うた。

「おお、読むね」

檜《ひのき》の一枚板の席に腰を下ろした元締めが笑みを浮かべた。

「じゃあ、そのとおりで？」

おけいと一緒に呼び込みに出ようとしていたおようが目を丸くした。

元締めの信兵衛は何軒もの旅籠を持っている。のどか屋のすぐ近くには、内湯があることが自慢の大松屋《おおまつや》、さほど遠からぬところに巴屋《ともえや》、いちばん遠い浅草寄りに善《ぜん》屋《や》、それぞれにあるじとおかみ、それに、手伝いをする女がいる。

なかなかの知恵者《ちえしゃ》である信兵衛は、いちばん手の足りない旅籠を助っ人として廻る娘をもう一人雇うようにしていた。こうしておけば、人手が足りなくて客に迷惑をかけることはない。

ついこのあいだまで、おようもこの助っ人役だった。その前に助っ人役だったのがおこうだ。良縁を得て、いまは板橋宿《いたばししゅく》の人気の団子屋で若おかみをつとめている。おこう、およう、と続いたから、また下に「う」が付くのかとおちよがたずねたわけだ。

「いやいや、当たらずといえども遠からずだよ」

元締めは笑って答えた。

「すると、娘さんの名は？」

おちよが問う。

「おうのちゃんだ。今度は頭に『う』が付いてる。明日にでも引き合わせるよ」

信兵衛は言った。

「それは楽しみですね。なら、そろそろお客さんの呼び込みに」

古参のおけいがおように声をかけた。

「はい」

若おかみがうなずく。

「頼んだよ」

厨で仕込みをしていた千吉が声をかけた。

「承知で」

おようは明るい声で答えた。

のどか屋の旅籠の部屋は六つある。一階の小料理屋の並びに一部屋。二階の通りに沿ったほうに三部屋。奥に二部屋の合わせて六部屋だ。

奥のもう一部屋はのどか屋の夫婦と千吉が使っている。来年、千吉とおようが祝言を挙げたら、さほど遠からぬ長屋に住むことになっていた。そのあたりの部屋探しは元締めに任せておけばいい。

なかには長逗留《ながとうりゅう》をしてくれる客もいる。あらかじめ泊まりの約が入ることもある。さりながら、平生《へいぜい》は空き部屋を少しでも減らすため、繁華な両国橋《りょうごくばし》の西詰に足を運んで呼び込みをするのが常だった。

「じゃあ、お願いね」

大おかみのおちよが言った。

「はい、おあとをよろしく」

若おかみのおようがいい声を響かせた。

三

「紅葉屋のほうはどうだい?」

元締めがたずねた。

「丈助に餡巻《あんま》きを教えてるところです」

鰹《かつお》のいぶしづくりをこしらえながら、千吉が答えた。

江戸っ子が初鰹に狂奔《きょうほん》する季《とき》は去り、値《あたい》はぐっと落ち着いた。これなら小料理屋でも出せる。

「上手《じょうず》になったかい」

信兵衛が問う。

「いやあ、まだ十一で背丈も足りないし、しくじりのほうが多いです」

千吉は笑って答えた。

餡を生地《きじ》で包んでくるくる巻いてつくる餡巻きは、千吉の得意料理の一つだ。甘くておいしいから、わらべはみな喜んで食べてくれる。

「千坊もそうだったのに、いつのまにか背丈が伸びて、来春には祝言だからねえ」

元締めが感慨深げに言った。

「ほんと、ついこないだまでおしめを替えてたような気がするんですけど」

おちよが言った。

「いまじゃ堂々たる二代目だからね」

と、信兵衛。

「いやいや、腕が甘いので。……はい、鰹のいぶしづくり、お待ちで」

千吉は料理の皿を下から出した。

どうぞお召し上がりください、と皿を下から出すのは、祖父の長吉、父の時吉から三代続いてきた大切な教えだ。間違っても、どうだ、うまいぞとばかりに皿を上から出してはならない。お口に合わないかもしれませんが、どうぞお召し上がりください、と下から出さなければならない。その教えを、千吉は忠実に守っていた。

「お、来たね」

元締めが受け取った。

節おろしにした鰹に扇串《おうぎぐし》を打ち、塩を振って皮目と身をしっかり焼く。

続いて、冷たい水に落として冷ます。あつあつのまま酢をなじませるたたきのつくり方もあるが、今日はいったん水で締めた。同じ鰹でも、千吉はさまざまな料理をつくれるようになっている。

身が締まったところで引きづくりにし、加減酢《かげんず》を塗る。花茗荷《はなみょうが》や刻《きざ》み葱《ねぎ》などの薬味《やくみ》を添え、練り辛子《がらし》を溶いた加減酢をかけて食せば、季の恵みのひと品の出来上がりだ。

「うん、いい焼き加減だ」

食すなり、元締めは笑みを浮かべた。

「ありがたく存じます」

跡取り息子が頭を下げたとき、のれんが開いて客が入ってきた。

「いらっしゃいまし」

おちよが弾んだ声をかけた。

「お、うまそうなもんを食ってますな、元締め」

いきなり声を発したのは、湯屋のあるじの寅次《とらじ》だ。岩本町《いわもとちょう》の名物男で、しばしばのどか屋へ油を売りに来る。

「まだひと切れいただいたばかりだよ」

信兵衛が笑って答えた。

「なら、おいらにも、二代目」

寅次はそう言って小上がりの座敷に上がった。

「おいらも初めは鰹で。それから野菜をくんな」

一緒に来た野菜の棒手振《ぼてふ》りの富八《とみはち》が言った。

寅次とはいつも一緒に動いているから、岩本町の御神酒徳利《おみきどっくり》と呼ばれている。

「はい、承知で」

千吉が厨から答えた。

「脂《あぶら》がとろっとしててうまいね」

次のいぶしづくりを食した元締めがうなった。

ほどなく、座敷の岩本町組にも鰹が出た。

「おやっさんと同じ味だな」

寅次が笑みを浮かべる。

「薬味の葱がうめえ」

例によって、野菜の棒手振りがそこをほめる。

「茄子《なす》の変わり田楽《でんがく》をこれから焼きますんで」

千吉が笑みを浮かべた。

「若おかみが来てから、ほんとに顔つきが変わってきたね」

元締めが言う。

「にやけてるような気もするがよ」

湯屋のあるじが言った。

「そりゃ、嬉しくてしょうがねえよな」

富八が笑みを浮かべた。

「いや、はあ、まあ」

千吉はあいまいな返事をすると、茄子の変わり田楽を焼きだした。

輪切りにした茄子を揚げてから軽く焼き、松葉串《まつばぐし》を刺して田舎味噌《いなかみそ》を塗る。これだけでもうまいが、枝豆《えだまめ》や海老《えび》のそぼろなどをのせると、味噌と響き合ってこたえられないうまさになる。

「うん、枝豆がうめえ」

「先に言わねえでくださいよ」

岩本町の御神酒徳利が調子よく掛け合っていると、表で人の話し声がした。

「あら、お客さんみたい」

おちよの声が弾んだ。

呼び込みに出たおけいとおようが、首尾よく客をつれて帰ってきたのだ。

四

「このたびはおめでたく存じます。さきほどおけいさんからうかがって、わがことのように嬉しくなりましたよ」

「ほんに、おめでたいことで」

笑顔でそう言ったのは、流山《ながれやま》の味醂《みりん》づくりの主従だった。

秋元《あきもと》家の当主の弟の吉右衛門《きちえもん》と番頭の幸次郎《こうじろう》は、江戸であきないがあるたびにのどか屋を常宿《じょうやど》にしてくれる。野田《のだ》の醤油づくりの花実屋《はなみや》など、そういうありがたい常連はいくたりもいた。

「ありがたく存じます。なんとか、縁あって」

千吉はおようのほうをちらりと指さして言った。

「流山に見えたときは、まだ十《とお》過ぎでしたのに」

吉右衛門が言った。

「いつのまにか立派になられて」

番頭の幸次郎が和した。

もう一組は、千住宿《せんじゅしゅく》から来た親子だった。

「さようですか。千住も千吉には縁があるんです」

話を聞いたおちよが厨のほうを手で示した。

「千住の名倉《なぐら》へ通っていたもので」

千吉が告げた。

「名倉と言うと、骨つぎの？」

おけいに荷を託した父親が問うた。

「ええ。曲がっていた足を若先生に治していただいたんです」

鱚の天麩羅を揚げながら、千吉が答えた。

「名倉なら、ちょうどおとっつぁんもかかってるんで」

せがれのほうが手で示した。

「さようでしたか。この子にとってみれば、ほんとにもう命の恩人みたいなもので」

おちよが感慨深げに言う。

「先生のおかげで、普通に歩いたり走ったりできるようになったんです」

千吉はそう言うと、次の天麩羅の油をしゃっと切った。

「腕がいいからねえ、名倉は。おかげで、なんとか江戸まで出てこられたよ」

「こっちに親戚が住んでるんで」

「体が動くうちに行かにゃあと思ってね」

千住から来た親子が言った。

「そのうち、御礼を言いに行かなきゃ」

千吉がおちよに言った。

「そうね。来年、祝言を挙げるって知らせがてらね」

と、おちよ。

「先生もきっと喜ぶよ」

元締めが温顔《おんがん》で言った。

五

「だれも案内できねえんじゃ、腰を据えて呑むしかねえな」

湯屋のあるじが苦笑まじりに言った。

二階の部屋に荷を下ろした二組の泊まり客だが、どちらも岩本町の湯屋まで足を延ばそうとはしなかった。流山の二人はひと休みしただけですぐあきないに出ていった。

一方、千住の親子は父のほうが大儀《たいぎ》だと言って断られてしまった。

「いいじゃないか、うまい天麩羅を食えるんだから」

元締めがそう言って、からりと揚がった鱚の天麩羅を軽くつゆに浸してから口中《こうちゅう》に投じた。

「茄子もできるかい？」

富八が問う。

「できますよ」

次の海老を揚げながら、千吉が言った。

「なら、生姜《しょうが》たっぷりでくんな」

野菜の棒手振りが軽く右手を挙げた。

「承知で」

張りのある声で千吉が答える。

「呼び込みはもういいのかい」

元締めがおけいに訊いた。

「ええ。越中富山《えっちゅうとやま》の薬売りさんたちが長逗留されていますし、夜に来るお客さんもいるでしょうから」

古株のおけいがよどみなく答える。

「なら、一緒に厨に入ったら？」

おちよがおように水を向けた。

「何かお手伝いがある？」

おようは千吉に訊いた。

「生姜をおろしてもらえれば。あと、海老のわた抜きはできる？」

千吉は答えた。

「それくらいなら」

若おかみが笑顔で答えた。

「なんだか思い出すわね」

おちよが笑みを浮かべた。

「むかしのことかい？」

湯屋のあるじが問う。

「ええ。まだのどか屋が三河町《みかわちょう》にあったとき、うちの人と一緒に厨に入って料理をつくったりしていたので」

いくらか遠い目で、おちよは答えた。

「そうやってのれんは続いていくんだね」

元締めがそう言って、猪口《ちょく》の酒を呑み干した。

「取れた」

楊枝《ようじ》を使って海老のわたを抜いていたおようが言った。

「なら、揚げるよ。次は甘藷《かんしょ》を切っておくれ」

千吉が言う。

「輪切りでいい？」

おようが問うた。

「ああ、いいよ。あんまり厚いと火の通りが悪くなるから」

千吉が答えた。

「おいらが入れたうめえ甘藷だから、痛くしねえように切ってやってくんなよ」

富八が軽口を飛ばした。

「承知しました。痛くしないから、おいしい天麩羅になろうね」

およう は甘藷に声をかけてから包丁を動かしはじめた。

手つきは少し危なっかしかったが、滞《とどこお》りなく切れた。

「芋は油が濁るから、あとでいいよ。まずは海老から。それから茄子だ」

千吉はどこか唄うように言った。

「はい、承知で」

おようがいい声で答える。

天麩羅は次々に揚がった。

「まっすぐ揚がってるわね。……はい、お待ちで」

おちよが海老天の出来具合を見てから座敷に運んだ。

「おっ、うまそうな海老だ」

「野菜じゃねえけど、これはこれでうめえからな」

岩本町の御神酒徳利が言う。

「次が茄子で、新生姜も揚げますんで」

千吉が野菜の棒手振りに声をかけた。

「おお、すまねえな、気を遣ってくれて」

富八が白い歯を見せた。

「鱚もあります」

おようが笑顔で言った。

「喜ぶ魚、だね。いまののどか屋にぴったりだよ」

一枚板の席で元締めが言った。

「ほんに、ありがたいことで」

おちよが笑みを浮かべた。

「はい、末広がりの茄子天、揚がりました」

若き料理人は、菜箸《さいばし》をいなせに動かした。

第二章　黄金煮《こがねに》と豆腐飯

一

「早いものだねえ、もう月末は川開きかい」

浅草の長吉屋で、隠居の大橋季川が言った。

のどか屋の最古参の常連で、一枚板の置物と戯《ざ》れ言《ごと》まじりに言っていたくらいだが、あいにく腰を痛めてしまい、以前のように横山町ののどか屋まで毎日通うことができなくなってしまった。

ただし、浅草の福井町《ふくいちょう》の長吉屋なら、杖を頼りに歩けば大丈夫だ。もともとは長吉屋の常連だった季川だから、このところはだいぶむかしに戻ったような按配《あんばい》になっている。

「旅籠のほうには、もうだいぶ約が入っています」

厨に入った時吉が言った。

若い料理人たちの指導をしたあと、一枚板の客に腕を振るっているところだ。

「雨が降らなきゃいいけどねえ」

常連の与兵衛《よへえ》が言った。

上野黒門町《うえのくろもんちょう》の薬種問屋、鶴屋《つるや》の隠居だ。おのれの隠居所も兼ねて、紅葉屋の後ろ盾になっている。今年いっぱいは千吉が紅葉屋の花板をつとめることになっているから、時吉とも因縁浅からぬ仲だ。

「これぱっかりは天頼《そら》みだから」

隠居はそう言って猪口の酒を呑み干した。

腰を痛めたときはずいぶんと案じられたが、良庵《りょうあん》という腕のいい按摩《あんま》の療治を受けるようになって、だいぶ良くなってきた。良庵は元締めの信兵衛が持っている巴屋の裏手に引っ越し、大松屋やのどか屋の泊まり客にも療治をするようになった。

季川は駕籠《かご》でまず大松屋に向かい、内湯を使う。ゆっくり湯に浸かってからすぐ近くのどか屋に向かい、良庵の療治を受けてから一階の部屋に泊まる。当初は巳《み》の日だけだったのだが、亥《い》の日も増やすことになった。翌朝は名物の豆腐飯の膳を食してから駕籠で戻る。

「そうですね。せっかく遠くから見えるんですから、花火があるといいんですけど。……はい、お待ちで」

時吉は肴を出した。

厨にはもう一人、若い料理人が入っている。料理ばかりでなく、客あしらいの所作《しょさ》も学びのうちだ。

「お、黄金煮《こがね》だね」

隠居が笑みを浮かべた。

「はい、車海老の黄金煮でございます」

時吉は答えた。

「これはうまそうだ」

与兵衛もいくらか身を乗り出した。

車海老は背わたとともに頭を取り、尾のみ残して殻を剝く。それから、腹開きにして横半分に切り、葛粉《くずこ》をはたいて溶き玉子をたっぷりつける。

これを煮汁に浸し、落とし蓋をしてさっと煮る。まぶした玉子に火が通るくらいの加減になればいい。付け合わせの茹でた長芋《ながいも》とともに器に盛り、煮汁をかければ出来上がりだ。

「福が来そうな煮物だね」

与兵衛が言った。

「わたしみたいな年寄りのもとにも来るかねえ」

と、隠居。

「そりゃ来ますよ」

与兵衛が請け合った。

「料理は老若男女《ろうにゃくなんにょ》に福をつれてきますので」

時吉が笑みを浮かべた。

「はは、うまいことを言うね」

隠居がそう言って黄金煮を口中に投じた。

「ちょうどいい加減の煮え具合だね。玉子がしっとりしているよ」

与兵衛が満足げに言った。

「ああ、玉子の衣をまとうと、海老の味がなおさら引き立つね」

隠居も温顔で言った。

「黄金色と赤の取り合わせもいいじゃないか」

と、与兵衛。

「ありがたく存じます。では、続いて色合いのいい肴を」

時吉は弟子のほうを手で示した。

「分葱《わけぎ》と青柳《あおやぎ》のぬたでございます」

若い料理人が、かなりかたい顔つきで小鉢を差し出した。

こうして肴を一つ出すたびに学びも増える。ときにはしくじりながらも、だんだんにひとかどの料理人になっていく。

「これはまたさわやかな色合いだね」

隠居が目を細めた。

分葱はさっと茹でてざるに取って冷まし、切りそろえて水気を絞っておく。青柳は薄い塩水で洗い、だし汁一、酢二の割りの漬け汁に通しておく。

味噌と砂糖をまぜ、味醂《みりん》でのばしながらよく練る。これを冷まして、溶き辛子と酢を加えて味を調《ととの》える。この衣で分葱と青柳を和《あ》えて盛り付ければ、青みと貝の赤みが響き合う小粋なぬたの出来上がりだ。

「酒が進む肴だね」

与兵衛が若い料理人に言った。

「ありがたく存じます」

まだわらべっぽさが残る料理人が笑みを浮かべた。

「ところで、長さんはそろそろ戻るころかねえ」

季川が言った。

「どうでしょう。来年から日の本じゅうに散らばっている弟子のもとをたずねるつもりだけれど、まず手始めに江戸の弟子をと言っていましたが」

時吉が答えた。

「なかには便りもないお弟子さんがいるようだからね」

与兵衛がそう言って、つがれた酒を呑み干した。

「年始のあいさつに来る弟子もあまたいるんですが」

と、時吉。

「見世が忙しくて来られないのならいいんだがねえ」

隠居がそう言ったとき、人が入ってきた。

うわさをすれば影あらわる、とはよく言ったものだ。

入ってきたのは、あるじの長吉だった。

二

「おう」

時吉に向かって右手を挙げた長吉の表情はさえなかった。

明らかにいつもの顔つきではない。

「いかがでしたか」

時吉はたずねた。

「烏賊《いか》も蛸《たこ》もねえや」

軽い地口《じぐち》で答えると、長吉は季川と与兵衛に断ってから一枚板の席の端のほうに腰を下ろした。

「酒をくんな。冷やでいい」

長吉は時吉に向かって言った。

「承知で」

時吉は短く答えて支度を始めた。

「お弟子さんに何かあったのかい」

それと察して、季川が問うた。

「そのとおりで」

長吉は顔をしかめてから続けた。

「江戸でのれんを出してる弟子のうち、しばらく音沙汰のねえやつのところをたずねてやろうと思い立って、まず手始めに芝神明《しばしんめい》の竹吉《たけきち》の見世へ行ってみたんでさ。ところが……」

長吉は時吉から受け取った枡酒《ますざけ》を少し呑んだ。

「流行《はや》ってなかったのかい」

と、隠居。

「それどころか、見世がなくなってたんで」

長吉は苦笑いを浮かべた。

「場所を変えただけってことはないのかい？」

与兵衛が訊いた。

「いや、両隣や出入りの豆腐屋などから話を聞いたところ、夜逃げしやがったようで。竹吉がやっていたのは竹林《ちくりん》っていう筋のいい小料理屋で、ひところは番付にも載ってたくらいなんですが、夫婦仲が良くねえっていううわさが耳に入って案じてたんですよ」

長吉はあいまいな顔つきで告げると、また苦《にが》そうに酒を呑んだ。

「すると、おかみさんはどうされたんです？」

時吉がたずねた。

「竹吉に愛想をつかして、子をつれて出て行っちまったみてえだな。話によると、竹林からは言い争う声がしょっちゅう聞こえてきたらしい。そんな見世でものを食っても、ちっともほっこりしねえから」

長吉は答えた。

「どうしてまた言い争いを」

時吉はなおも問うた。

「客足が伸びねえのはおめえのせいだと、日ごろからおかみに文句ばかり言ってやがったらしい。ちょいと険《けん》のある男で、おれはそのあたりを案じてたんだが、そりゃあ竹吉の料簡《りょうけん》が違うぜ」

あまたの料理人を育ててきた男は苦々しげに言った。

「のどか屋じゃ考えられないことだね」

隠居が笑みを浮かべた。

「うちだって、弟子には文句は言うが、理不尽なことは言わねえぞ」

まだいくらか立腹の様子で、長吉は言った。

「紅葉屋だって、そんな声はついぞ響いたことがないですね」

与兵衛が言った。

「ま、しょうがねえやな」

長吉はあきらめたように酒を呑み干した。

「出鼻をくじかれちまったが、ちゃんとやってる弟子もいらあ。気を取り直して回ってやろう」

「その最たる者がいま厨に入ってるからね」

隠居が時吉のほうを手で示した。

「しかも、二代目も嫁取りだ」

与兵衛も言う。

「ありがたいことで」

時吉は軽く頭を下げた。

「なら、何かほっこりするような肴をつくってくれ」

長吉が言った。

「験直《げんなお》しになるようなものをね」

と、隠居。

「承知しました」

時吉は肴の仕上げにかかった。

莢隠元《さやいんげん》と揚げの胡麻和《ごまあ》えだ。

莢隠元の筋を取り、塩茹でにして切る。これを胡麻和えにしてもうまいが、時吉はよりこくのある和え物を思案した。

油揚げを湯にくぐらせて油抜きをし、網で軽く焼く。これを細かく刻んでおく。

白胡麻の粘り気が出るまでよく擂《す》ったら、揚げを加えてさらに擂る。ここに酒と醬油と味醂と塩を加えて味を調え、莢隠元を和えて盛り付ければ出来上がりだ。

「はい、お待ちで」

時吉は一枚板の席の客に肴を出した。

みなさっそく箸を伸ばす。

「揚げが脇でいいつとめをしているね」

隠居の白い眉がやんわりと下がった。

「こういう胡麻和えは初めてですね」

与兵衛も感心の面持ちで言う。

「いい塩梅の深みが出てる。いいじゃねえか」

長吉も言った。

「ほっこりいたしましたか?」

時吉が問うた。

「おう。ちっとは気が晴れたぜ」

古参の料理人が笑みを浮かべた。

三

翌朝——。

時吉は千住の親子に豆腐飯を出した。ゆうべは帰りが遅かったため、これが初顔合わせになる。

「豆腐だけでもうまいな」

父が言った。

「わっとまぜて薬味を添えると、味が変わって二度おいしゅうございますよ」

流山の味醂づくりの吉右衛門が言った。

「手前はこれが楽しみで江戸へ来てるようなもので」

番頭の幸次郎が和す。

「さようですか。……こうかな」

息子のほうがいくらか自信なさげに豆腐飯をまぜた。

「そこで、薬味の刻み葱や海苔やもみじおろしをお好みでまぜてくださいまし」

千吉が慣れた口調で言った。

時吉が長吉屋で指南役をつとめる子《ね》の日と午《うま》の日は、千吉は昼からのどか屋に来て翌朝まで詰める。それから上野黒門町の紅葉屋で花板をつとめる。翌る日の朝は、紅葉屋の跡取り息子の丈助とともに長吉屋で修業をし、昼から紅葉屋の厨に立つ。三つの見世を行ったり来たりだからなかなかに大変だが、若おかみとの縁が結ばれたという張り合いもあるのか、千吉はいつも笑顔で元気だった。

「お、こりゃうまいね」

千住の父が言う。

「あ、ほんとだ。豆腐だけ食ってもうまいけど、薬味を添えて飯とまぜるとまた格別ですねえ」

息子が笑顔で言った。

「お気に召しましたでしょうか」

時吉が問うた。

「ええ。呼び込みについてきて幸いでした」

息子がそう答え、また箸を動かした。

「そうそう。こちらさまは千住の名倉の先生にかかってらっしゃるんだとか」

おちよが父のほうを手で示した。

「さようですか。かつて、せがれが大変にお世話になりまして」

時吉の顔に驚きの色が浮かんだ。

「千吉坊ちゃんの足を治してくださった先生ですね」

吉右衛門が言った。

「腕のいい先生なので助かってます」

千住の父親が笑みを浮かべた。

「そのうち、先生にあいさつしに行こうかっていう話をしてたんです」

千吉が言った。

「ああ、そうだな。若おかみもつれていくか。祝言にお招きするわけにはいかないから」

時吉は乗り気で言った。

「それはいいわね。留守はちゃんと守るので」

おちよがぽんと二の腕をたたいた。

四

千吉の未《ひつじ》の日は、昼の仕込みが終わったら紅葉屋に向かう。月に二、三度、舌だめしを兼ねた休みも入るが、日の巡りはおおよそ次のようになってた。

子　時吉指南、千吉のどか屋
丑《うし》　千吉朝のどか屋、昼から紅葉屋
寅　千吉朝長吉屋、昼から紅葉屋
卯《う》　千吉のどか屋
辰《たつ》　千吉のどか屋

巳　千吉朝長吉屋、昼から紅葉屋、季川が泊まる
午　時吉指南、千吉のどか屋
未　千吉朝のどか屋、昼から紅葉屋
酉《とり》　千吉朝長吉屋、昼から紅葉屋
戌《いぬ》　千吉のどか屋
亥《い》　千吉のどか屋、季川が泊まる

以前は旅籠を掛け持ちだったおようは、いまはすっかり若おかみの趣《おもむき》で、ずっとのどか屋番だ。中食からのどか屋に入るおようとは、未の日は入れ違いになる。

「あ、おはよう」

千吉が先に声をかけた。

「おはようございます。紅葉屋、気張ってね」

おようは笑顔で答えた。

今日のつまみかんざしは紫陽花《あじさい》だ。義父の大三郎がつまみかんざしづくりの親方で、母のおせいも手伝っているから、いつもきれいなつまみかんざしを髷に挿している。

「ああ、おようちゃんも、のどか屋頼むね」

千吉も白い歯を見せる。

そんな様子を、おちよと時吉、それにおけいがほほ笑ましそうに見守っていた。

「おまえらも頼むよ」

足に身をすりつけてきた二代目のどかと小太郎に向かって言うと、千吉は表に出た。

しばらく歩くと、向こうから元締めの信兵衛と大松屋の親子がやって来るのが見えた。

そればかりではない。見慣れぬ娘も付き従っていた。

「あっ、千ちゃん」

幼なじみの升造《ますぞう》が右手を挙げた。

いずれあるじの升太郎《ますたろう》から大松屋を継ぐ跡取り息子だ。

「これからのどか屋へ顔合わせに行くところだったんだよ」

元締めが言った。

「なら、戻ります？」

と、千吉。

「いやいや、それには及ばないよ。こちらは、新たに掛け持ちで手伝ってくれることになったおうのちゃんだ」

信兵衛は小柄な娘を手で示した。

「のどか屋の跡取りの千吉さんだよ」

升太郎が紹介する。

「うのと申します。どうぞよしなに」

おうのが頭を下げた。

「のどか屋の跡取りの千吉です。こちらこそ、よしなに」

千吉が元気にあいさつした。

「これから引き合わせるけど、前に同じ役だったおようちゃんが来年からのどか屋の若おかみだから、縁起のいい役なんだよ」

元締めが言った。

「それはそれは、おめでたく存じます」

おうのは千吉に向かって頭を下げた。

「えへへ」

千吉は照れたように髷に手をやった。

「何でれでれしてるんだよ」

升造が冷やかす。

「ま、そんなわけで、また改めて」

元締めが軽く右手を挙げた。

「はい、またよしなに」

千吉は一同を見送ってから紅葉屋に向かった。

五

「隠居所を兼ねた渋い小料理屋にと思っていたんだが、だいぶ違ってきたね」

紅葉屋の後ろ盾の与兵衛がそう言って、歩《ふ》を一つ突いた。

「ま、ここだけは将棋道場だな」

重蔵《じゅうぞう》が少し思案してからべつの筋の歩を突き返す。

与兵衛の竹馬《ちくば》の友で、陶器の絵付け職人をしている。仕事場が近いから、紅葉屋にはしばしば顔を出していた。

紅葉屋の小上がりの座敷には優雅な脚付きの将棋盤が二台置かれていた。手軽に運べる盤だけのものを含めれば三つになる。

今日は姿がないが、講釈師のせがれで筋のいいわらべもよく通っている。重蔵の言うとおり、そこだけを見れば将棋道場の趣だ。

「そうそう、上手になったね」

千吉の声が響いた。

厨では、跡取り息子の丈助が餡巻きをつくっていた。

「早く食べたいよ」

一枚板の席にちょこんと座ったわらべが言う。

与兵衛の孫だ。

「できるまで待っていなさい」

将棋を指しながら祖父が言う。

「はあい」

孫が答えた。

「なんだか甘味《かん》処《みどころ》みたいになってきたな」

重蔵が言った。

「つくってるのは餡巻きとお汁粉《しるこ》だけですけど」

千吉が厨から言った。

餡巻きのために仕込んだ餡が余ったら、汁粉にする。これもなかなかに人気の品だ。

「餡の甘い香りと、鰻《うなぎ》のたれの香り、二つが入り混じるのも乙《おつ》なものじゃないか」

与兵衛がそう言って指し手を進めた。

「蒲焼《かばや》き、もうじき上がりますので」

厨の奥で、お登勢の声が響いた。

紅葉屋の看板料理は蒲焼きと田楽だ。蒲焼きのたれは父の代から毎日注ぎ足しながら使っている。早逝したお登勢の夫の丈吉《じょうきち》がつくり、いまはせがれの丈助が教わってつくりはじめたところだ。親子三代の思いがこもったたれに鰻が浸されるたびに、また少し味の深みが増していく。

「先に餡巻きがあがったよ」

千吉がわらべに皿を出した。

最後に巻くところで丈助が手間取っていたから、そこだけは手本を見せてやった。

「わあい」

わらべの顔がほころぶ。

「熱いから気をつけて」

千吉が言った。

「こちらも蒲焼き、あがりました」

お登勢が座敷に盆を運んでいった。

「おっ、来た来た」

重蔵が笑みを浮かべる。

「肝吸《きもす》い付きだね。しばらくいくさは休みだ」

与兵衛が皿を受け取った。

「田楽はいかがいたしましょう」

お登勢が問う。

「少し胃の腑を休めてからだね」

鶴屋の隠居が言った。

「承知しました。……はいはい、おまえには煮干しをあげるからね」

蒲焼きにいくらか浮き足立った猫に向かって、お登勢が言った。

のどか屋からもらった猫だから、名はのどかにした。

いまは猫地蔵になっている初代のどか、その生まれ変わりの二代目のどかに次ぐから、三代目ののどかだ。いやにおっとりした猫で、座敷で将棋が始まっても手を出して悪さをしたりはしない。前足をそろえてふしぎそうに見ている。

「ちょうどいい焼き加減だ」

粉山椒《こなざんしょう》を少し振った蒲焼きを食すなり、与兵衛が言った。

「鰻屋にも負けねえ味だからな」

重蔵も和す。

「ありがたく存じます」

お登勢が頭を下げた。

「丈ちゃんも餡巻きと田楽はだいぶ上手になったから、来月からいよいよ鰻にいきますか？」

千吉がお登勢に訊いた。

「そうね。来年からは手伝ってもらなきゃいけないんだから」

お登勢が答える。

「いよいよ真打ち登場だね」

与兵衛が笑みを浮かべた。

「しっかりやんな」

丈助に向かって、重蔵が言った。

「はいっ」

跡取り息子はいい声で答えた。

第三章　青竹《あおだけ》豆腐と雷干《かみなりぼ》し

一

「ああ、療治を受けるたびに生まれ変わるねえ」

隠居の季川が上機嫌で言って、一枚板の席に座った。

今日は巳の日だから、二階の部屋に泊まる。その前に大松屋で湯に浸かり、いま按摩の良庵の療治を受けたところだ。

「わたしもあとで受けさせていただくよ」

先に座っていた元締めの信兵衛が言った。

「承知いたしました」

杖をつきながら入ってきた按摩が答えた。

「まずお泊まりのお客さんの療治から」

そのつれあいのおかねが笑みを浮かべる。

目が見えなくなって意気消沈していた良庵を励まし、腕のいい按摩になるまで支えてきた女房だ。

「あさっての川開きまで長逗留のお客さまが今や遅しとお待ちかねで」

おちよが二階のほうを手で示した。

「では、上がらせていただきますので」

良庵が言った。

「よしなにお願いいたします」

おちよが頭を下げた。

「なら、おまえさん」

おかねに付き添われて、按摩は二階へ向かった。

「跡取りさんは紅葉屋だね」

隠居が言った。

「さようで。今日は向こうの仕込みが終わってから来ます」

厨で手を動かしながら時吉は答えた。

「向こうでも気張ってやってるみたいだね。与兵衛さんからいろいろと話を聞いているけれど」

隠居の眉がやんわりと下がった。

「そりゃあ、若おかみがいるから、気持ちの張りが違うからね」

元締めが笑みを浮かべた。

おようはすでにのどか屋のつとめを終え、本所《ほんじょ》へ帰っていった。掛け持ちの娘のおうのとも話が弾み、今日は一緒に呼び込みをしていたほどだ。

ここで肴が出た。

「まずは青唐辛子《あおとうがらし》を使った肴です。井戸水に浸けてあるものもそろそろ頃合いなのでお出ししますよ」

時吉が言った。

目配せを受けて、おちよが動く。

「何だろうね」

隠居が軽く首をひねった。

「それは見てのお楽しみということで」

時吉が笑みを浮かべた。

「お、これは風味があるね」

元締めが言った。

時吉が出した肴は、青唐辛子の海老射込《いこ》みだった。

青唐辛子を縦に割って種を取り出し、内側に薄く粉をはたいておく。ここに下味をつけた海老しんじょを射込み、からりと揚げて塩を振る。青唐辛子の苦みと海老の味が響き合った小粋な肴だ。

「やはりのどか屋のこの席に座ると、舌が喜ぶね」

隠居も笑顔になる。

「はい、お待たせいたしました」

おちよが盆を運んできた。

「おお、これは青竹《あおだけ》だね」

隠居が瞬きをした。

「あさってが川開きなので、ひと足早い暑気払いで」

おちよがそう言って、一枚板の席に目にも涼やかな青竹の器を二つ置いた。

「青竹豆腐でございます。青竹に流しこんで固めた豆腐の上に、冷たいだしをかけてありますので」

時吉が言った。

「ほほう、さっそくいただくよ」

彩《いろど》りに貝割《かいわ》れ菜《な》をあしらった青竹豆腐に、隠居がさっそく匙を伸ばした。

「これは冷やっとしておいしいね。のど越しもいい」

元締めが笑みを浮かべた。

「大松屋の内湯と良庵さんの療治に続いて、のどか屋のおいしい料理。まさに三役そろい踏みだね」

隠居が満足げに言ったとき、表で足音が響き、どやどやと客が入ってきた。

「おう」

と、右手を挙げて真っ先にのれんをくぐってきたのは、よ組のかしらの竹一《たけいち》だった。

二

火消しのよ組の面々は横山町が縄張りではないのだが、むかしのよしみでのどか屋に通ってくれている。祝いごとがあるたびに座敷で宴を開いてくれるから、実にありがたい客だ。

「あさってが川開きで、おれらも見張りをやんなきゃいけないから、今日はその前祝いみたいなもんで」

纏《まとい》持ちの梅次《うめじ》が言った。

「ご苦労さまだね」

一枚板の席から隠居が言う。

「いや、つとめがてら花火見物をしてますから」

「年に一度の楽しみで」

若い火消したちが言う。

「おめえら、ちゃんとつとめをしなきゃ駄目だぞ」

かしらの竹一がクギを刺した。

「川開きの晩は、ほうぼうで喧嘩も起きる。気を引き締めていけ」

梅次もにらみを利かせる。

「へえ、承知で」

「気を入れてやりまさ」

若い火消し衆は神妙な面持ちになった。

その後は、小腹がすいたらしい火消し衆のために、梅紫蘇《うめしそ》と大葉《おおば》のまぜごはんがふるまわれた。刻んだ梅紫蘇と大葉をまぜただけのごはんだが、これがまた暑気払いになってうまい。

「いくらでも胃の腑に入《へぇ》るぜ」

「夏はこれだな」

火消し衆は上機嫌だ。

そのうち、客の療治を終えた良庵がおかねとともに戻ってきた。

「座敷は埋まってしまったので、ご隠居の部屋でお願いしましょうか」

元締めがそう言って腰を浮かせた。

「承知しました」

按摩が笑みを浮かべる。

「おっ、療治かい。おれももんでくれるかな」

よ組のかしらが右手を挙げた。

「では、元締めさんのお次に」

おかねが答えた。

「大忙しですね、良庵さん」

おちよが笑顔で言う。

「ありがたいことで」

すっかり欠かせぬ者となった按摩は、軽く両手を合わせた。

三

「今日は呼び込みはなしでよろしいでしょうか」

おようがおちよにたずねた。

「そうね。川開きの前の日で、もうあと一部屋しか空いていないから」

おちよが答えた。

「毎年、お断りするほうが多いので」

古株《ふるかぶ》のおけいが言う。

「なるほど。では、ずっとここにいます」

おようは笑みを浮かべた。

「ご常連さんがそろそろどなたか見えると思うので」

厨から千吉が言った。

今日は午の日で時吉は長吉屋の指南役だから、千吉がのどか屋の花板だ。

千吉の言うとおりになった。

ややあって、黒四組《くろよんぐみ》の面々がのれんをくぐってきた。

「いらっしゃいまし」

おようが笑顔で出迎えた。

「おっ、いい顔だな、若おかみ」

長い顔をほころばせたのは、かしらの安東満三郎《あんどうみつさぶろう》だった。

「今日は上がりますかい」

万年平之助《まんねんへいのすけ》が小上がりの座敷を手で示した。

「おう」

安東満三郎が右手を挙げた。

「うまいもんを頼むよ」

厨の千吉に声をかけたのは、捕り物のときに力を出す室口源左衛門だ。

「はい、承知で」

千吉はいい声で答えた。

「今日はおそろいで、何かあるんでしょうか」

おちよがたずねた。

いつもほうぼうを飛び回っている韋駄天侍《いだてんざむらい》こと井達天之助《いだてあまのすけ》も顔を見せている。

「いや、たまたまだ。べつに川開きに捕り物ってわけじゃねえんだ」

黒四組のかしらが答えた。

将軍の履き物や荷物を運んだりするのが役目の黒鍬《くろくわ》の者は三組まであることが知られている。しかし、実は人知れず四組目も設けられていた。

その黒四組がたずさわっているのは、世に知られない隠密仕事だ。あんみつ隠密こと安東満三郎は日の本じゅうへ出張《でば》って悪者を退治している。足自慢の韋駄天侍はつなぎ役で、日の本の用心棒の異名を取る室口源左衛門はここぞという捕り物のときに腕をふるう。むろんそれだけでは足りぬゆえ、町方や火付盗賊改方《ひつけとうぞくあらためかた》などの力も借りていた。

万年同心は江戸だけが縄張りで一見すると町方の隠密廻りだが、実は黒四組という分かりにくい御役だ。ために幽霊同心と呼ばれることもある。千吉は小さい頃から万年同心と仲が良く、いまも気安く「平《へい》ちゃん」と呼んでいる。

「ここんとこ、悪いやつらはいないの？　平ちゃん」

手を動かしながら、千吉は相変わらずの口調で問うた。

「いや、江戸でしれっと面《めん》をかぶってる盗賊がいたりするようだがな」

万年同心が答えた。

「そういうやつは巧みに面をかぶってるから、尻尾をつかめねえんだ」

安東満三郎が苦々しげに言った。

「のどか屋は十手《じって》持ちなんだから、捕まえてくれよ、千坊」

万年同心は神棚のほうを手で示した。

そこには、いくらか小ぶりの十手が据えられていた。のどか屋に託された黒四組の十手だ。

母のおちよ譲りの勘ばたらきで、千吉はこれまでにいくつもの手柄《てがら》を立ててきた。

あるじの時吉は大和梨川《やまとなしがわ》藩の禄《ろく》を食《は》んでいた元武家だ。磯貝徳右衛門《いそがいとくえもん》と名乗っていた若いころは、藩で右に出る者がいない剣の達人として鳴らしていた。昔取った杵柄《きねづか》で、その力を立ち回りで存分に発揮したこともある。

そこで、のどか屋に一本、十手が託されることになった。代々ののどかの毛色にちなんだ房飾りがついた十手は、平生《へいぜい》は使われることなく神棚からにらみを利かせている。

「また何か勘が働いたらね、平ちゃん。……はい、お待ち」

千吉は肴を出した。

浅蜊《あさり》の時雨《しぐれ》焼きだ。

浅蜊のむき身を洗い、酒で割った醤油に漬けてからさっと煮る。それから金串を打ってあぶり、仕上げに生姜《しょうが》汁を振れば渋い肴の出来上がりだ。

「安東さまのは味醂をどばどば回しかけておきました」

千吉が笑みを浮かべた。

「おう、気が利くな」

あんみつ隠密が受け取る。

この御仁《ごじん》、よほど変わった舌の持ち主で、とにかく甘ければ甘いほどいい。余人が「うめえ」と言うところを「甘《あめ》え」と言ってほめるのだから変わり者だ。甘いものさえあればいくらでも酒を呑めると豪語する者は、江戸広しといえども安東満三郎くらいだろう。

本名を約《つづ》めた「あんみつ隠密」とはいささか出来過ぎのあだ名で、油揚げの甘煮にはあんみつ煮という名が付いているほどだ。肴には味醂がかけられ、とにかくできるかぎり甘くして出す。

「せっかくの生姜汁が泣くな」

万年同心が苦笑いを浮かべた。

こちらはなかなかに侮れない舌の持ち主だ。

「ああ、これはうまいな。浅蜊のうま味がぎゅっと閉じこめられてる」

室口源左衛門が満足げに言った。

「腕が上がったね、二代目」

井達天之助が白い歯を見せた。

「それで、盗賊はどんなお面をかぶっているんでしょう」

いくらか恐そうに、おようがたずねた。

「本物のお面をかぶってるわけじゃねえぞ、若おかみ」

あんみつ隠密は身ぶりをまじえた。

「それじゃ、あからさまに怪しいですね」

おけいがおかしそうに言う。

「言ってみりゃあ、ご隠居や元締めが実は盗賊だったようなもんだ」

万年同心が言った。

「そりゃあ、びっくりだね」

おちよが季川の声色《こわいろ》を使って言ったから、のどか屋に笑いがわいた。

ほどなく、客が二人入ってきた。

「おっ、盗賊が来たぜ」

あんみつ隠密が戯《ざ》れ言《ごと》めかして言った。

のどか屋に入ってきたのは、いま話に出ていた元締めの信兵衛と、力屋《ちからや》のあるじの信五郎《しんごろう》だった。

四

「わたしが盗賊だったら、もっといい暮らしをしているよ」

一枚板の席に陣取った元締めがおかしそうに言った。

「旅籠の天井裏に財宝を隠してあるかもしれねえぞ」

黒四組のかしらが指を上に向けたから、のどか屋にまた和気が漂った。

そこで、おようがあるものを手にして戻ってきた。

「それは？」

力屋のあるじが問うた。

馬喰《ばくろ》町《ちょう》の飯屋で、その名のとおり、食せばうんと力の出る料理が売り物だ。駕籠かきや飛脚《ひきゃく》や荷車引きや棒手振り、身を使うなりわいの男たちが次々にのれんをくぐり、盛りのいい飯と濃い目の味つけの料理をわしわしと平らげてはまたつとめに出ていく。

看板娘のおしのが時吉の弟子の為助《ためすけ》と結ばれ、孫もできた。朝が早い見世なので、明日の仕込みは跡取りたちに任せ、ふらりとのどか屋に姿を見せることもしばしばだ。

その信五郎が指さしたのは、いささか面妖《めんよう》なものだった。

「瓜《うり》の雷干《かみなりぼ》しでございます。いま干し終わったので」

およう は笑顔で金串に刺してあったものをかざした。

「なるほど、雷様の太鼓の模様みてえだな」

あんみつ隠密が言った。

「うまくつながりました」

厨から千吉が言った。

瓜の芯を抜き、斜めに切り込みを入れ、螺旋《らせん》状に切っていく。これがなかなかにむずかしい。

切り終わったら、昆布を入れた塩水に二刻《ふたとき》（約四時間）ほど漬ける。しんなりしたところで、一刻半（約三時間）ほど風干しにする。朝に仕込んだ雷干しがいまできたところだ。

「漬物《つけもの》にするのかい？」

信五郎がたずねた。

力屋は漬物にも定評がある。味の違う三種の沢庵《たくあん》だけでもどんぶり飯を食える、とはもっぱらの評判だ。

「もちろん漬物でもおいしいんですけど、ひと手間かけてみます」

手を動かしながら、千吉が答えた。

仕上がった雷干しを一寸（約三センチメートル強）の長さに切る。

合わせるのは、まず削りがつおだ。削り節を鍋で乾煎《からい》りし、手でざっともんでおく。

いま一つは梅肉だ。包丁で細かくたたき、醬油でのばしておく。

梅肉で雷干しを和え、削りがつおをまぶせば、こたえられない風味の肴になる。包丁の小気味いい音が響くから、見ているだけでも心が弾む料理だ。

「はい、お待ちで」

千吉が一枚板の客に出した。

「いまお運びしますので」

おようが座敷に声をかけた。

「あ、ちょっと待って」

千吉はそう言うと、あんみつ隠密の小鉢に味醂を回しかけた。

流山の味醂づくりの秋元家が腕によりをかけてつくった品だから、存分に甘くてこくがある。

「あっ、これはおいしいね」

元締めが顔をほころばせた。

「うちでも小鉢に付けようかね」

信五郎が乗り気で言う。

「お待たせいたしました」

おようが座敷に運んでいった。

おちよは手を出さず、猫に煮干しを与えながら若おかみの動きを頼もしそうに見守っていた。

「きゅきゅ」

小太郎が妙な声を発して、もっとくれとせがむ。

ほかの猫はおおむね「みゃあ」と猫らしくなくが、銀と白と黒の毛並みが変わっているこの猫はなき方も妙だ。

「うん、甘え」

真っ先に安東満三郎が言ったから、万年同心が「うへえ」という顔つきになった。

「これはご飯が恋しくなりますね」

韋駄天侍が言う。

「わしも言おうと思った」

日の本の用心棒が髭面をほころばせた。

「お持ちいたしましょうか」

おようが如才なく訊いた。

「おう、ならば」

まず室口源左衛門が右手を挙げた。

「わたしも」

井達天之助が続く。

「おれは酒でいいや」

あんみつ隠密が渋く笑った。

「こちらも酒で」

万年同心が徳利《とっくり》を指さす。

「承知いたしました」

おようが盆を小脇に挟んで一礼した。

「ときに、明日は川開きだ。若夫婦で花火見物に出かけたりはしねえのかい」

黒四組のかしらがたずねた。

「いや、まだ夫婦じゃないので」

飯の支度をしながら、千吉がいくらか恥ずかしそうに答えた。

「いいじゃないか。もう若おかみと呼ばれてるんだから」

元締めが笑みを浮かべる。

「うちの弟が行きたいと言ってるんですけどねえ」

おようが言った。

今年でまだ八つの儀助だ。寺子屋に通いだしたばかりの歳だから、花火見物にも行きたいだろう。

「なら、つれだって行きゃあいい」

あんみつ隠密が言った。

「明日はうちの人もいるから、べつに行ってもいいわよ」

今度は黒猫のしょうに煮干しをやりながら、おちよが言った。

「そう……なら、どうしよう」

千吉はおようの顔を見た。

「まずはご飯を運んでから」

おようは笑みを浮かべた。

「そうだね。……はい、お待ちで」

千吉は飯茶碗を二つ盆に載せた。

さっそくおようが運ぶ。

「行くなら今年だぜ」

あんみつ隠密が言った。

「そうそう。子ができたら、しばらくはそれどころじゃねえぞ」

幽霊同心が言う。

おようが少し顔を赤らめた。

「だったら、行っておいで」

おちよがすすめた。

「一生の思い出になるかもしれぬからのう」

室口源左衛門はそう言うと、雷干しの梅おかか和えを飯にのせてわしっとほおばった。

「なら、行こうか」

千吉が厨から言った。

「はい」

おようが笑顔で答える。

かくして、話がまとまった。

第四章　鰻《うなぎ》づくし

一

川開きの日の中食は麦とろ飯膳だった。

今日はまだまだ貴重な玉子がふんだんに入ったから、山芋《やまいも》をよくすり合わせてまぜ、味を調えただし汁を少しずつ加えてとろろにした。これを麦飯にかけてお出しする。

「おいしくなれ、おいしくなれ」

千吉は小声でそう唱えながら手を動かしていた。

厨で一緒に手を動かしながら、時吉がときおり様子を見る。しかし、口を出すことはなかった。

時吉は鰺《あじ》の干物《ひもの》を焼いていた。味醂を少し刷毛《はけ》で塗り、塩梅よくあぶると、ちょうどいい仕上がりになる。

麦とろの薬味は刻み海苔とおろし山葵《わさび》だ。そのほかに香《こう》の物の小皿がつく。

干物にはたっぷりの大根おろしだ。野田《のだ》の醤油をかけて、ほぐした身にのせて食す。

これに汁がつく。根深《ねぶか》と豆腐の味噌汁だ。食べごたえがあって、身の養いにもなる、のどか屋自慢の麦とろ膳は好評のうちに売り切れた。

「はい、お疲れさま」

おちよが労をねぎらった。

「売り切れてよかったですね」

若おかみのおようが笑みを浮かべる。

「しくじらなくて、ほっとしました」

今日はのどか屋番のおうのが胸に手をやった。

「鰺の干物を焼くと、猫たちが浮き足立つからね」

おちよが言った。

中食が終わったので、余った干物を分け与えたところだ。ゆきも二代目のどかも、いちばん若いふくも、はぐはぐと口を動かしている。小太郎としょうを加えて五匹もいるから、餌を与えるのも大変だ。

「わたし、猫に気を取られてお膳をひっくり返したことがあるので」

と、およう。

「あっ、今日はちょっと危なかったです」

おうのが言った。

「足元をちょろちょろするからね」

おちよが笑みを浮かべた。

「とろはなくなったが、焼き飯を食べるか？」

時吉が訊いた。

「ああ、今日は玉子がまだあるから焼き飯で」

千吉が乗り気で言った。

「いただけるんですか？」

おうのが訊いた。

「もちろんだよ。まかないだから」

時吉が笑顔で答えた。

「なら、つくって、千吉さん」

およううながす。

「はいよ」

二代目がいい声で答えた。

二

ほどなく、段取りが整った。

千吉と時吉が競うようにして葱を刻み、焼いた干物をほぐす。

「よし、おまえやれ」

時吉は平たい鍋を千吉に渡した。

「承知で」

千吉は二つ返事で受け取り、胡麻油《ごまあぶら》を投じ入れた。

葱と干物をさっと炒めていったん取り出し、溶き玉子とあらかじめまぜ合わせておいた飯を投じ入れる。

「わあ」

おうのが思わず声をあげた。

千吉が小気味よく鍋を振るたびに、飯が面白いように宙に舞ってぱらりとほどけていく。

「具《ぐ》を入れます」

そう言うなり、千吉はさきほど炒めた具を鍋に戻した。

再び鍋を振り、塩胡椒で味を調え、仕上げに醬油を回し入れる。

ふわっ、と醬油のいい香りが漂ってきた。

時吉は腕組みをして見守っていた。

ふと、むかしの記憶がよみがえってきた。

まだ千吉が生まれてもいないころ、三河町ののどか屋で、おちよの一日の労をねぎらうために残り物で焼き飯をつくっていた。

あれからずいぶん経った。

いまは成長した千吉が厨に立って、こうしてまかないの焼き飯をつくっている。

そう思うと、時吉はいたく感慨を催した。

「よし、できた」

鍋を振り終えた千吉は、おたまを小気味よく動かし、それぞれの皿に盛り付けていった。

「はい、どうぞ」

笑顔で皿を差し出す。

「わあ、おいしそう」

まず、おようが受け取った。

「なら、みなでいただきましょう」

おちよが座敷を手で示した。

厨では時吉が味見をした。

「うん、いいだろう」

飯のほどけ具合も味つけもちょうどいい。

「ありがたく存じます」

千吉がほっとしたように頭を下げた。

「あ、おいしい」

匙を動かしたおうのが声をあげた。

「ほんと、これが中食の顔でもいいくらい」

おようも満足げに言った。

「だったら、今度はそうするよ」

千吉はすぐさま答えた。

三

二幕目はにぎやかだった。

長逗留の客に加えて、川開きを目当てに約を入れていた客ものどか屋に着いた。

元締めの信兵衛と岩本町の御神酒徳利も来て、一枚板の席に陣取った。普請《ふしん》を終えたばかりの常連の大工衆も上機嫌でのれんをくぐり、座敷に上がって打ち上げを始めた。これはおのずとにぎやかになる。

「晴れて良かったねえ」

岩本町の名物男が言った。

「花火に出かけるんで、このままもってくれればいいんですけど」

時吉とともに鰻の下ごしらえをしながら、千吉が答えた。

今日は鰻もいいものが入った。紅葉屋で数をこなしているから、本職の鰻屋にも引けを取らない手つきだ。

「一緒に行くのかい？」

野菜の棒手振りの富八がおようにたずねた。

「ええ。本所から家族も来ますけど」

おようは答えた。

「なら、水入らずってわけでもないんだ」

信兵衛が笑みを浮かべた。

「そうですね」

千吉がいくらか残念そうに答えた。

「でも、帰りは橋がごった返すから、いったんうちに帰ってきたら？　今日は遅くまで開けてるし」

おちよがすすめた。

「そうだね。そうしようか」

千吉がおように言った。

「儀助は夜更かしになるから、お義父《とう》さんたちに連れて帰ってもらえばいいかな」

およらは答えた。

本所から今日来るのは、およらの母のおせいと、おせいを後添《のちぞ》えにしたつまみかんざしづくりの親方の大三郎、それに、弟の儀助の三人だ。

「うん、そうしよう」

千吉はすぐさま言った。

「本所までは？」

座敷へ酒を運んだあと、おちよがたずねた。

「それはわたしが送っていくんで」

と、千吉。

「急に晴れ晴れとした顔つきになったな、二代目」

湯屋のあるじが冷やかす。

「へへへ」

千吉は照れ笑いを浮かべた。

「おう、早く蒲焼きをくんな」

「匂いだけじゃ殺生だぜ」

座敷の大工衆から声が飛ぶ。

「はい、ただいま」

千吉が大きな声で答えた。

「ほかにもいろいろおつくりしますので」

時吉も和す。

ほどなく、蒲焼きができあがった。

少し遅れて、鰻《う》巻き玉子も仕上がった。鰻の蒲焼きを芯《しん》にして、だし巻き玉子の要領で巻いて切り、大根おろしを添えた見た目も楽しいひと品だ。

「こりゃあいいね」

食すなり、元締めが顔をほころばせた。

「次は鰻《う》ざくをつくります」

千吉が言った。

「鰻づくしだな」

と、寅次。

「野菜も使ってくれよ」

富八が注文をつけた。

「鰻ざくは胡瓜《きゅうり》と合わせるので」

千吉は笑みを浮かべた。

ひと口大に切った鰻の蒲焼きと合わせるのは、薄切りの胡瓜だ。塩を当ててしんなりさせ、胡瓜もみにする。

鰻が一、胡瓜が二の割りで合わせたら、土佐酢で和える。ここでも生姜汁が仕上げにいつとめをする。

　涼やかな器に盛り付け、針生姜を天盛りにしたら出来上がりだ。

「うめえな」

　湯屋のあるじが感に堪えたように言った。

「うん、胡瓜がうめえ」

　富八が例によって野菜をほめる。

「おう、どれもうめえ」

「ほかにもできるのかい？」

　座敷の大工衆から声が飛ぶ。

「鰻の肴ですか？」

　時吉が問うた。

「おう、鰻づくしでいいぜ」

「大川の川開きだしよ」

「鰻も川も開くもんだ」

　酒が入っている大工衆は上機嫌だ。

「鰻の山椒煮ならお出しできます」

時吉が告げた。

「いくらか時はかかりますが、鰻のちらし寿司も」

千吉が続く。

「どんどんくんな」

「普請も終わったしよ」

「銭はあるから」

大工衆は口々に言った。

「承知しました」

「承知で」

のどか屋の親子の声がそろった。

四

本所からの一行がのどか屋に到着したのは、七つ下がり（午後四時過ぎ）の頃合いだった。

「あ、いらっしゃいまし」

座敷の後片付けをしながら、おちよが言った。

ちょうど大工衆が出ていったところだ。もうだいぶ酒が入っていたが、これからまたなじみの煮売り屋へ行くらしい。

岩本町の御神酒徳利も引き上げ、元締めは大松屋のほうへ向かった。ちょうど凪《なぎ》のようなときに、本所の三人がやってきた。

「お兄ちゃん、餡巻き」

のどか屋に入るなり、八つのわらべが言った。

「つくろうと思って、餡を炊いてあるから」

千吉は笑顔で答えた。

「すまねえな、こいつのために」

大三郎が儀助の肩をぽんとたたいた。

「これはつまらないものですが、どちらかお好きなほうを」

おせいがつまみかんざしを取り出した。

白と薄紅、二色の布で巧みに鶴がかたどられている。

「まあ、こんなきれいなものを」

おちよが瞳を輝かせた。

「おかみさんから選んでください」

おけいが身ぶりで示す。

「そう、なら、年増らしく白いほうで」

おちよが片方を手に取った。

「だったら、娘らしく紅いほうで」

今年から奉公に出る歳のせがれの善松《ぜんまつ》がおけいに戯《ざ》れ言《ごと》まじりにそう言ったから、のどか屋に笑いがわいた。

奉公に出ることになっているのは、のどか屋で手伝いをしていたおそめと、小間物問屋の美濃屋《みのや》で手代をつとめていた多助《たすけ》の見世だ。縁あって結ばれ、いまは多吉《たきち》という跡取り息子まで生まれた二人は、秋口にのれん分けの見世を出すことになっている。

十二になった善松は、そこで奉公を始める手はずになっていた。

「悪いですね、せがれのために餡を炊いてもらって」

大三郎が時吉に言った。

「いえいえ、蛸の小倉《おぐら》煮もつくりますので」

時吉は答えた。

「やわらかい蛸と小豆《あずき》は存外《ぞんがい》に合うんですよ」

餡巻きの支度をしながら、千吉が言った。

「餡巻き、餡巻き」

わらべが急《せ》かせる。

「ちょっと待っていなさい」

おせいがたしなめた。

「ほら、これでも振ってあげて」

おようが猫じゃらしを渡した。

「うん」

儀助が元気よく受け取り、ちょうどそこにいたふくとしょうに向かって振りはじめた。

たちまち猫たちが飛びつく。

そうこうしているあいだに、餡巻きの支度が整った。

時吉のほうは蛸の小倉煮だ。

蛸の足を食べやすい大きさに切り、ひたひたの水にひと晩浸けてやわらかくした小豆とともに煮る。あくを取りながら煮て、酒を加えてさらに煮る。

蛸がやわらかくなったところで醬油と味醂と砂糖を入れ、ひと煮立ちさせる。あつあつよりは、味を含ませるためにしばらく置いたほうがいい。取り合わせの妙が感じられる味わい深いひと品の出来上がりだ。

「はい、できたよ」

千吉が餡巻きを座敷の儀助に運んだ。

「わあ、おいしそう」

わらべの瞳が輝く。

少し遅れて、小倉煮も出た。

「こちらは大人の甘さで」

さっそく白い鶴のつまみかんざしを飾ったおちよが笑みを浮かべた。

本所から来た家族は料理を賞味しはじめた。

「餡巻き、おいしい！」

儀助の声が弾んだ。

「こっちは酒が恋しくなる甘みだな」

つまみかんざしづくりの親方が渋く笑う。

「ほんと、蛸がやわらかい」

おせいも笑みを浮かべた。

その後は儀助の手習いの話になった。わらべなりに気張って通っているようだ。

「千吉もいい先生に教えていただいて」

おちよが告げた。

千吉の師匠は博学で鳴る春田東明《はるたとうめい》だ。

「いろいろな人の助けがあって、ここまで大きくなったんだからな。ありがたいと思わないと」

時吉が言う。

「そうそう。千住の名倉の先生のおかげで普通に歩けるようになったんだし」

おちよが和す。

「うん。近いうちに御礼に行かないと」

千吉が言った。

「なら、来月うまく段取りを整えて、泊まりがけで行くか」

時吉が水を向けた。

「それがいいね。ごあいさつしないと」

千吉はすぐさま答えた。

「留守はしっかり若おかみと守るから」

おちよがおようのほうを手で示した。

「任せといて」

およう が帯を軽くたたく。

「手伝いの娘もいますから」

いささか派手な紅い鶴のつまみかんざしを飾ったおけいが羽ばたくようなしぐさをしたから、のどか屋にまた笑いがわいた。

五

そうこうしているうちに、日が西に傾いてきた。

花火にはまだ早いが、両国橋《りょうごくばし》の西詰《にしづめ》で何か食べながら待つにはいい頃合いだ。

のどか屋の泊まり客も、そろそろ両国橋のほうへ移る支度を始めた。

「あんまり遅いと、橋の上から見られねえからよ」

「かと言って、早すぎたら待つのが大儀《たいぎ》だ」

「そのあたりがむずかしいな」

前々から楽しみにしてきた客たちはにぎやかだ。

「せっかくだから、途中までご一緒したら？」

おちよが水を向けた。

「そうですね。いろいろご案内もしますよ」

千吉がにこやかに言った。

「そりゃありがてえ」

「そう言や、こっちへ来てから蕎麦《そば》を食ってねえな」

「そうだな。うめえ蕎麦屋はねえかい？」

客が問うた。

どうやら芝《しば》の大工衆らしい。花火のあとに芝まで帰るのは大儀だから、のどか屋に泊まってくれた。豆腐飯の評判を聞いた、ありがたい先約の客だ。

「屋台でもよろしゅうございますか？　引けを取らない、大川端《おおかわばた》の名物屋台があるんですが」

千吉が答えた。

「おう、いいぜ」

「そこはうめえのかい」

大工衆が問う。

「はい。もとは乾物屋だった人がやっていますので。つゆも麺もうまいです」

と、千吉。

「とろろ昆布をのせた翁《おきな》蕎《そ》麦《ば》が名物なんですよ」

おちよが言葉を添えた。

「もともと素人《しろうと》の噺家《はなしか》だった人で、話も楽しいですから」

千吉がなおも言った。

翁蕎麦のあるじの元松《もとまつ》はのどか屋ともゆかりが深い。もとは浅草亭夢松《あさくさていゆめまつ》と名乗った噺家だが、お上より素人落語が禁じられるなど、いろいろあって世をはかなんだこともあった。

千吉の働きもあっていまはすっかり立ち直り、大川端の名物屋台のあるじだ。

「なら、そこで蕎麦をたぐってから行こうぜ」

「おう、ちょうどいいや」

芝の大工衆が乗り気で言った。

「では、途中までご案内してきます」

おようが若おかみの顔で告げた。

「お願いします」

おかみのおちよが笑みを浮かべた。

六

「わたしたちはどうするの？」

大川端へ向かいながら、おようが千吉に小声でたずねた。

「たくさんで行っても長床几《ながしょうぎ》に座れないからね」

千吉が答えた。

「千吉さんがお世話になったそうだから、ごあいさつしたいけれど」

と、およう。

「それなら、帰りに寄ればいいよ。二人で帰るんだから」

千吉が笑みを浮かべた。

「ああ、それもそうね」

段取りはすぐさま決まった。

「おっ、大川だぜ」

大工の一人が指さした。

「芝の海なら見慣れてるがよ」

「ちょいと泳ぎてえな」

「おめえは泳げるからいいがよ」

大工衆の一人は泳げないらしい。

「わたしも泳ぎはやったことがないです」

千吉が言った。

「無理に泳がなくたっていいさ」

「もし落っこちたら、浮いて待ってりゃ助けが来るからよ」

泳ぎが得手《えて》らしい大工が身ぶりをまじえた。

それを聞いて、おようが小さくうなずいた。

「あっ、あれですね。屋台が出ています」

千吉が行く手を指さした。

遠くて「翁」という字までは見えないが、屋台と白い旗が見える。

「おう、ありがとよ」

「さっそく食ってくらあ」

「ここからなら迷いようがねえからよ」

大工衆は上機嫌で歩いていった。

千吉とおようは帰りに寄るから、その背を見送っただけで、屋台に顔は出さなかった。また引き返すことになるからだ。

「行こう。おとう」

儀助がうながす。

「よし、なら、しっかり歩け」

大三郎が笑顔で言った。

「おなかすいた、おかあ」

八つのわらべが今度は母に言った。

「さっき、餡巻きを食べたばかりじゃない」

おせいがあきれたような顔つきになった。

「ちょっと混むけど、両国橋の西詰には見世がいくつもあるから」

千吉が言った。

「お団子とか奈良茶飯《ならちゃめし》とかね」

おようが笑みを浮かべる。

「何が食べたいんだ？」

大三郎がたずねた。

「んーと……」

わらべはかむろ頭に手をやった。

「行ってみて決めればいいよ。花火まで、まだ間があるんだから」

千吉が言った。

「うんっ」

儀助は元気よく答えた。

第五章　川開きの晩

一

「たーまやー」

両国橋の上手《かみて》からあがった花火に、たちまち歓声がわいた。

「かーぎやー」

今度は下手《しもて》だ。

橋の上流は玉屋《たまや》、下流は鍵屋《かぎや》。江戸の両大関とも言うべき花火屋が妍《けん》を競うのが習わしだ。

「今度はどんなかかな」

父に肩車《かたぐるま》されたわらべが瞳を輝かせた。

「見に来てよかったね」

　おようが笑みを浮かべた。

「うんっ」

　儀助が弾んだ声をあげた。

「あっ、またあがるよ」

　千吉が指さした。

　火の玉が闇空を焦がしたかと思うと、濃い紅の傘がぱっと開いた。

「たーまやー」

　今度は千吉も声を発した。

「花火のつまみかんざしってのもいいな」

　大三郎が思いつきを口にした。

「それはむずかしいわよ、おまえさん」

　おせいが笑う。

　また一つ、火花の傘が開いた。

　こちらはいささかしくじり気味で、思わず笑い声がもれる。

　楽しい時は速く流れる。歓声をあげながら見物しているうちに、花火は終わってお開きになった。

「ああ、楽しかった」

儀助が満面の笑みで言った。

「よし、下りな。肩が痛えや」

大三郎が下ろす。

「なら、はぐれないようにね」

おせいが言う。

「ちゃんとおかあと手をつないでな」

人ごみのなかで、大三郎が言った。

「うん」

儀助があわてて母の手を握る。

「だったら、わたしはのどか屋さんに寄って帰るから」

おようが言った。

「はいはい。頼むわね、千吉さん」

おせいが言った。

「承知しました」

千吉はいい声で答えた。

二

花火が終わっても、しばらくは余韻《よいん》が漂っていた。

人々の歓声も聞こえる。花火を見物していた屋形船《やかたぶね》では、まだまだ宴が続きそうだ。

そんな喧噪《けんそう》からいくらか離れた大川端に、元松の翁蕎麦の屋台があった。川開きの晩は書き入れ時だから、多めに仕込んで気張ってここまでかついできた。

「おう、うまかったぜ」

「また来るよ」

花火帰りの客が手を挙げて去っていった。

「毎度ありがたく存じます」

かつては素人噺家で鳴らした顔で見送る。

ややあって、いささか風変わりな二人の客がやってきた。

疲れた顔をした女と、その子とおぼしいわらべだ。わらべは右足が悪いらしく、杖を突きながらゆっくり歩いてきた。

「いらっしゃい」

元松は声をかけた。

「お蕎麦を……」

女が弱々しい声で告げた。

「二杯で？」

元松が問う。

「いえ……一杯を、この子と、分けます」

女客はのどの奥から絞り出すように言った。

「承知しました」

元松はすぐさま答えて手を動かしだした。

翁蕎麦ができた。

とろろ昆布ばかりでなく、蒲鉾《かまぼこ》や葱も入っている。もと乾物屋ならではのこくのあるつゆと、こしのある麺が自慢の一杯だ。

「さ、お食べ」

母が丼を少し子のほうに寄せた。

足が悪いわらべは、こくりとうなずくと、まず匙でつゆを呑んだ。

「うまいかい？」

元松が訊く。

わらべはまた小さくうなずいた。

母も子も、いやに物静かだ。

「今夜は花火見物で？」

元松はたずねた。

「……遠くから」

蚊の鳴くような声で、女は答えた。

わらべには量が多かったらしい。ややあって、箸の動きが止まった。

「残りは、おかあが食べるから」

女が初めて笑みを浮かべた。

客はゆっくりと味わうように蕎麦を胃の腑に落としていた。

そのさまを見ながら、元松はふと胸さわぎを覚えた。

大川端の翁蕎麦の親分として十手を預かる身だ。小《しょう》なりといえども関所を護《まも》るくらいの気構えで屋台を出している。

両国橋の西詰から逃げてきた巾着《きんちゃく》切りを捕まえたこともあれば、喧嘩の仲裁に乗り出したこともある。大川端ではさまざまな出来事が起きる。

そんな元松の勘がそこはかとなく働いた。

「これからどちらへ？」

元松は女に訊いた。

「えっ……長屋に、帰ります」

女は少しうろたえた様子で答えた。

「そうですかい。夜道なんで、気をつけて」

元松は言った。

「はい、では」

女はそう言うと、蕎麦の代金を支払い、子をうながして立ち上がった。

提灯を持ち、暗い川下のほうへ歩いていく。

その背を、翁蕎麦のあるじはじっと見送っていた。

三

「あっ、あそこだ」

千吉が勢いよく前を指さした。

「屋台の赤提灯が見えるわね」

おようが足を速める。

「残ってるといいんだけどね、お蕎麦」

千吉も速足になった。

生まれつき左足が曲がっていてずいぶんと案じられた千吉だが、千住の名倉の若先生が添え木のような療治器具を編み出してくれたおかげでだんだんにまっすぐになっていった。いまでは人よりは遅いものの走ることもできる。

ほどなく、提灯の灯りが大きくなってきた。

「つゆの香りが漂ってきた。やってるよ」

千吉の声が弾んだ。

「先に紹介するからね」

千吉がおように言った。

「はい」

若おかみがうなずく。

屋台に近づくと、元松が気づいてくれた。

「あっ、のどか屋の跡取りさん」

翁蕎麦のあるじが声をあげた。

「ご無沙汰してました。今日はいいなずけと花火を見てきたんです」

千吉は少し誇らしげにおようを手で示した。

「うわさの若おかみだね。このたびはおめでたいことで」

元松が笑顔で祝福した。

のどか屋の跡取り息子の千吉にいいなずけができたという話は、よ組の火消し衆から聞いて知っていた。

「よう、と申します。どうかよしなに」

およう は頭を下げた。

つまみかんざしのふくら雀がふるりと揺れる。

「千坊とお似合いだよ。良かったね」

元松は祝福した。

「じゃあ、翁蕎麦を二杯」

千吉はそう言って長床几に腰を下ろした。

おようも続く。

「はいよ」

元松はさっそく手を動かしだした。

江戸っ子は待たされるのを嫌う。屋台のあるじはいつもの鮮《あざ》やかな手さばきで二杯の蕎麦を出した。

「へい、お待ち」

「わあ、おいしそう」

おようが丼を見た。

「つゆもお蕎麦もおいしいよ」

千吉が言う。

「あ、ほんと、こくのあるおつゆで」

おようが驚いたように言った。

「もとは乾物屋だからね。ところで……」

元松は声を落として、千吉のほうを見た。

「つい今し方、気になる親子がうちの屋台に来てね」

「気になる親子？」

千吉が箸を止めて訊いた。

「おっかさんがせがれを連れてやってきたんだ。花火見物の帰りみたいだが、それにしちゃあ、いやに暗くてよ」

元松は案じ顔で言った。

「まさか、身投げとか……」

千吉の表情が曇る。

「そうかもしれねえ。止《と》めたほうが良かったかも」

翁蕎麦のあるじの顔つきも険しくなった。

「分かった」

千吉は急いで残りの蕎麦を平らげた。

「後を追うの？　千吉さん」

おようがたずねた。

「ああ。勘ばたらきがした」

千吉は丼を置いて立ち上がった。

「待って。わたしも行く」

おようも食べかけの蕎麦を置いて続いた。

四

おもんは暗い水面《みなも》を見ていた。

最後の蕎麦は食べ終わった。

わが子とともに食べたあの一杯の蕎麦が、この世の食べ納めだ。

もう精も根も尽き果てた。

つれあいだった安兵衛《やすべえ》が勝手に長屋を出て行ったのは半年前のことだった。錺職《かざり》人としての腕はたしかだが、前々から身持ちが悪く、女出入りが激しかった。おもんはいくたびもつらい思いをしてきた。

それでも、一人息子の宗兵衛《そうべえ》がいることもあって、舟はどうにか波止場につなぎ止められていた。

しかし……。

それも半年前までだった。安兵衛は勝手に三下《みくだ》り半《はん》を突きつけ、若い女とともに出て行ってしまった。

おもんは途方に暮れた。

宗兵衛はまだ三つだ。当時の子は遅くまで乳を呑んでいたから、まだまだ世話に手がかかる。

おまけに、足が悪い。右足が曲がっていて、年寄りのように杖を突きながらゆっくり歩くことしかできない。

居職《いじょく》ならできるから、いずれ父の跡を継いで錺職人にという望みもあったのだが、ものの見事についえた。

安兵衛が出て行ってしまったから、おもんは女手《おんなで》一つで宗兵衛を育てていかなければならなくなった。

品川宿《しながわしゅく》の旅籠でお運びのつとめがあると聞き、ひとたびは話が決まった。これでひと息つけるかと思いきや、そう甘くはなかった。旅籠のお運びとは名ばかりで、内実は春を鬻《ひさ》ぐ芳《かんば》しからぬつとめだった。

おもんはあわてて逃げた。着の身着のまま、宗兵衛の手を引いて懸命に泣きながら逃げた。

このつらい世から逃れたい……。

おもんは強くそう思った。

それでも、宗兵衛がいるから思いとどまってきた。足が悪いこの子を残して、一人であの世へ行くわけにはいかない。

一度はそう歯を食いしばり、慣れない棒手振りも始めた。

担ぎ慣れない天秤棒《てんびんぼう》の荷は重かった。売り声も弱々しかった。ぬかるみに足をとられ、売り物を道にばらまいてしまったときは涙が止まらなかった。

望みはついえた。

おもんは、死ぬことにした。

宗兵衛と一緒に、浄土《じょうど》へ行くことにしたのだ。

前から宗兵衛が楽しみにしていた両国の花火を見せたら、大川に身を投げて死ぬ。

そうすれば楽になる。

そんな思いが、おもんの頭の中にしっかりと根を下ろした。

そして、花火が終わった。

最後の蕎麦も食べ終わった。

あとは、いよいよ……。

おもんはまた暗い川面に目をやった。

「おかあ」

宗兵衛が袖を引いた。

何か察したのかどうか、妙にあいまいな顔つきになっている。

「そろそろ行くよ」

おもんの顔つきが変わった。

その目には、見たこともないような光が宿っていた。

宗兵衛の手を引き、岸のほうへ進む。

「おかあ……」

宗兵衛はおびえた声を発した。

月あかりが濃くなった。

何かを思い切るように、おもんは手を放した。

「許してね、宗兵衛」

そう言うと、母はわが子を両手で抱いた。

「南無阿弥陀仏」

最後に念仏を唱えると、おもんは大川に飛びこんだ。

五

「あっ」

千吉は声をあげた。

人影が見えたと思ったら、やにわに大川へ飛びこむのが見えたのだ。

どぼん、と大きな音が響いた。

「大変」

おようも気づいた。

「だれかっ、だれか助けてっ！　人が飛びこんだ」

あらんかぎりの声で叫ぶ。

その声は、翁蕎麦の元松の耳に届いた。

「いけねえ」

十手を預かる男は呼子《よびこ》を取り出した。

思い切り吹いて急を告げる。

その音は、花火の後の見廻りをしていたよ組の火消し衆の耳に届いた。

「呼子だぜ」

「翁蕎麦か」

「何かあったんだ。急げ」

火消し衆はただちに動いた。


同じころ――。

千吉は目を瞠《みは》った。

提灯をかざさなくても、月あかりで分かった。

子を抱いた女が川波に揺られている。

いまにも沈んでしまいそうだ。

助けなければ。

千吉は強くそう思った。

その思いが、身に伝わった。

「えいっ」

気合いの声を発すると、千吉は大川に飛びこんだ。

冷たい水を浴びたとき、思い出した。

おのれが泳げなかったことを。

それに、飛びこむのなら着物を脱ぐべきだった。たちまち水を吸い、身にからみついて重くなる。

千吉は窮地に陥った。

六

「千吉さん！」

おようが叫んだ。

見ると、先に飛びこんだ親子を助けようとした千吉があっぷあっぷしていた。千吉は泳げないのだ。

「だれかっ。だれか助けてっ」

おようは懸命に声を張りあげた。

幸い、屋根船の船頭が気づいた。

「いま行く」

声が返ってきた。

足音が聞こえた。

「どうした」

「身投げか？」

よ組の火消し衆が口早に訊く。

「あそこに」

おようはいまにも沈みそうな親子を指さした。

「急げ」

纏持ちの梅次が着物を脱いだ。

「へい」

「合点《がってん》で」

泳ぎ自慢の若い衆が二人、素早く帯を解《と》く。

三人の火消しは、ほどなく大川へ頭から飛びこんだ。

「千吉さんっ」

おようは必死に声をかけた。

その頭に、途中まで一緒に来た客の言葉がよみがえってきた。

「もし落っこちたら、浮いて待っててりゃ助けが来るからよ」

泳ぎが得手らしい大工が発した言葉だ。

「浮いて待ってて。ばたばたしないで」

およう は溺れかけている千吉に言った。

「大丈夫だから。浮いて待ってて。とにかく浮くの。大の字になって浮くの」

半《なか》ば泣きながら、およう は懸命に伝えた。

その言葉は、やっと千吉の耳に届いた。

とにかく浮くの。大の字になって浮くの。

およう の言うとおりにした。

それまでにだいぶ川の水を呑んでいた。まだむせながらも、千吉はあお向けに大の字になって浮いた。

心細くて生きた心地がしなかった。見えるのは夜空の星だけだ。

川波に揺られるたびに、心《しん》の臓《ぞう》が縮みあがる。

およう の声だけが頼りだった。

「そうよ、千吉さん」

およウはなおも声をかけた。

「浮いて待ってて。火消しさんが助けてくれるから」

千吉は答えることができなかった。

大の字になって浮いたまま、助けを待つことしかできなかった。

七

間一髪《かんいっぱつ》だった。

宗兵衛を抱いたおもんがいままさに川波のあわいに沈もうとしたとき、二人の火消しが追いついた。

「早まるな」

「子を貸せ」

足先を巻くように立ち泳ぎをしながら、身投げの母を助ける。

「おーい」

屋根船が近づいてきた。

乗っていた者も固唾《かたず》を呑んで見守っている。

「息があるぜ」

「しっかりしな」

火消し衆が言った。

おもんは息をついた。

浄土の入口まで行ったが、ぐいと押し戻された。

ふと見ると、しっかりこの手で抱いていた宗兵衛がいない。おもんは蒼《あお》くなった。

だが……。

次の刹那《せつな》、安堵《あんど》の波が押し寄せてきた。

宗兵衛の泣き声が、ついそこで響いたのだ。

「もうちょっとの辛抱だぜ」

子をしっかり抱いた男が言った。

「これにつかまれ」

屋根船の船頭が綱を投げ入れた。

「おう、すまねえ」

火消しが答える。

「よし、これを握るんだ。放すな」

助けに来た男がおもんに言った。

おもんはふるえながら綱をつかんだ。

宗兵衛を助けた火消しは、渾身《こんしん》の立ち泳ぎで屋根船に近づいた。

「子を頼む」

わらべを差し出す。

「よし」

船頭が受け取り、船の中へ運び入れると、乗っていた者たちから歓声がわいた。

次はおもんだ。

宗兵衛を助けた火消しがとって返し、二人がかりでおもんを屋根船のほうへ運ぶ。

「よし、引け」

屋根船の客も力を貸し、綱を引いた。

「あとちょっとだぜ」

火消しが励ます。

ほどなく、ずぶ濡れのおもんの体は屋根船に引き上げられた。

「よしっ」

「もう大丈夫だ」

また弾んだ声が響いた。

八

浮いて待っていた千吉にも、待望の助けが来た。

「おれだ。纏持ちの梅次だ」

その声は、まるで天の助けのようだった。

「うわあっ、助けて」

千吉はあわててしがみつこうとした。

「馬鹿。落ち着け」

梅次は一喝《いっかつ》した。

おぼれかけた者にじたばたされるのがいちばん困る。下手《へた》をすると、ともに沈んでしまいかねない。

いつもはきちんと頭を巡らせる千吉だが、このたびは勝手が違った。おぼれかけて浮いて待ち、心細い時を過ごしたあとの助けだ。

わあ、助かった。

早く岸に上がりたい。

そう思い、助けにあわててしがみつこうとするのも無理はなかった。

そのさまを、岸からおようとほかの火消し衆が見守っていた。

「落ち着いて、千吉さん」

およう は必死に叫んだ。

「じたばたするな、千吉」

かしらの竹一が睨みを利かせた。

「おとなしくしろ。力を脱《ぬ》け」

梅次は声を振り絞った。

「動かないで、千吉さん……あっ！」

おようが声をあげた。

千吉が気になるあまり、岸に近づきすぎたおようは、うっかり足を滑らせ、大川に落ちてしまったのだ。

「うわ、落ちたぜ」

「助けろ」

いつのまにか集まってきた野次馬が叫ぶ。

「小舟がある。落ち着いてつかまれ」

竹一が叫んだ。

おようが落ちたところの近くには、幸いにも小舟がつなぎ止められていた。

おようは懸命に手を伸ばし、舟べりにしがみついた。

「助けてこい」

よ組のかしらが若い衆に命じた。

「へい」

「承知で」

さらに二人が帯を解いて大川に飛びこんだ。

ふうっ、と一つ千吉は息をついた。

おようの声はどうにか耳に届いた。

「そうだ。力を脱け」

梅次が耳元で言った。

浮いて待っていたときと同じ心持ちで力を脱くと、いくらか身が軽くなった。

梅次にいざなわれて、少しずつ岸に近づいていく。

先におようが助けられた。

「すみません」

そう謝ると、おようは身をふるわせた。

「おう、あとで湯につかってあったまりな」

かしらの竹一が笑みを浮かべた。

梅次のもとへ加勢の二人がたどり着いた。

これでもう大丈夫だ。

ややあって、千吉も無事、岸に上がった。

第六章　夏のほまれ

一

火消し衆の働きで、幸いにも一人も溺れ死ぬことはなかった。

よ組の若い者が二人、のどか屋と大松屋に知らせに走った。とにもかくにも、暖《だん》を取って休ませなければならない。大松屋には内湯がある。

のどか屋の部屋は、川開きの前の晩はすべて埋まっていたが、今夜は一階の部屋だけ空いていた。

火消しから話を聞いた時吉とおちよはたいそう驚いた。無理もない。泳げない千吉が大川に飛びこんで危《あや》うく溺れかけたというのだから。

「そ、それで千吉の容態《ようだい》は？」

おちよは勢いこんで訊いた。

「平気でさ。ただ、濡れちまって」

「それから、若おかみもうっかり落ちちまって」

二人の火消しが答えた。

「おようちゃんも？」

おちよは目を瞠った。

「へえ。そっちも引き上げられて大丈夫で」

火消しの一人が告げた。

「そもそも、子を抱いて身投げをしたおっかさんがいたんでさ」

もう一人が伝える。

「その親子は無事で？」

時吉が身を乗り出して問うた。

「へえ、助かりました」

「ただ、水を呑んでちょいと弱ってるんで」

若い火消しの表情が曇った。

「なら、一階の部屋に泊まってもらいましょう、おまえさん。着替えも用意しておくから」

おちよが言った。

「そうだな。医者の往診を頼んでこよう」

時吉はそう言って手を打ち合わせた。

二

段取りは着々と進んだ。

よ組の火消し衆にいざなわれたおもんと宗兵衛は、まず大松屋に案内された。とにもかくにも内湯に浸かり、大川の水で冷えた体をあたためなければならない。

おちよが着替えを持って駆けつけると、千吉とおようが身を寄せ合うようにしていた。

「大丈夫？」

おちよがどちらにともなくたずねた。

「うん、大丈夫。泳げないのに飛びこんじゃって」

千吉は濡れた髷に手をやった。

「わたしは滑って落ちちゃって。情けないことで」

　おようが少し顔を伏せた。

「ごめんね。先に飛びこんだばっかりに」

　千吉が謝る。

「まあ、でも、みんな無事で良かった」

　おちよは胸に手をやった。

「ほんとに、ほっとしました」

　おようが笑みを浮かべた。

「あ、できればわたしの着替えも」

　千吉が小声でおちよに言った。

「そうね、忘れてた」

　おちよが笑う。

「それから、三つのわらべの浴衣《ゆかた》があれば」

　おようが言った。

「少し大きいかもしれないけど、わらべの浴衣は旅籠にあるから、ついでに取ってくるわ」

おちよのほおにえくぼが浮かんだ。

三

「ほんに、何から何まで、ありがたく存じました」

おもんがおちよに頭を下げた。

のどか屋の二階の部屋だ。すでに布団が敷かれている。

「いいえ。ゆっくり休んでくださいね」

おちよは笑みを浮かべた。

近くの医者はすぐ往診に来てくれた。御幸順庵《みゆきじゆんあん》という少壮《しようそう》の医者で、前に泊まり客が急な腹痛《はらいた》を起こしたときも適切な手当てをしてくれた。順庵によると、おいしいものを食べて体を休めればすぐ旧に復《ふく》すだろうということだった。

ほどなく、時吉が盆を運んできた。

「玉子粥《たまごがゆ》をおつくりしました。あたたかいものを胃の腑に入れれば、身の内から力がよみがえってきますから」

のどか屋のあるじはそう言って、盆を畳の上に置いた。

「ありがたく存じます」

おもんは両手を合わせた。

「宗兵衛ちゃんも食べる？」

おちよが訊いた。

わらべはこくりとうなずいた。

「だったら、おかあがふうふうしてあげる」

またいくらか涙声で、おもんはわが子に言った。


ごめんね。

おかあが悪かったよ。

ごめんね……。


大川端からここまで、おもんはいくたびも繰り返し涙ながらにわが子にわびていた。

助けられたいまは、おのれの料簡違《りょうけんちが》いが骨身《ほねみ》にしみた。

もう二度と愚かな真似はすまい。

おもんはそう心に誓った。

「さ、お食べ」

宗兵衛の口に匙を運ぶ。

三つのわらべはもぐもぐと口を動かした。

「おいしいかい？」

時吉が問う。

宗兵衛は控えめな笑みを浮かべた。

「おもんさんも」

おちよが手つきでうながした。

「いただきます」

今度はおのれの口に玉子粥を投じる。

玉子だけの粥だ。いくらか強めの塩加減で、仕上げに醬油を少しだけたらしてある。

そのやさしい味が心にしみた。

「おいしい……」

おもんのまぶたからほおにかけて、つ、と、ひとすじの水ならざるものが伝わっていく。

そのあふれる涙は、やがて玉子粥の碗にもしたたり落ちた。

四

着物を改めた千吉は、おようを本所に送っていった。

「べつの着物になってるから、びっくりされるかも」

おようが言った。

「ちゃんと話をして謝るよ」

千吉が答えた。

「謝ることはないってば。身投げをした人を助けようとしたんだから」

おようが笑みを浮かべた。

「でも、飛びこんだ後に泳げないことに気づいたんだから」

千吉は苦笑いだ。

両国橋の界隈には、まだ川開きの余韻が残っていた。

上手《かみて》のほうでは、まだ花火師たちが仕掛け花火の後片付けをしていた。下手《しもて》の屋形船では宴が続いているらしく、三味《しゃみ》の音が橋のほうにも響いてくる。

「こうやって見てると、ほんとに危なかったわね」

おようが首をすくめた。

「もう駄目かと思ったよ」

千吉も怖そうに言った。

「浮いて待て、を思い出したから」

と、およう。

「おようちゃんのおかげで助かった」

千吉はやっと笑みを浮かべた。

「心細かった？」

おようが訊く。

「そりゃあもう。波に揺られて、夜空の星しか見えなかったんだから」

千吉は空を指さした。

花火がいくつも開いた夜空で、いくつもの星がきらめいている。

「生きて見られて良かったね」

夜空を見上げながら、おようがしみじみと言った。

「そうだね」

同じ星を見ながら、千吉が答えた。

五

「ゆうべは眠れました？」

翌朝、起きてきたおもんにおちよがたずねた。

「ええ。おかげさまで」

薄紙一枚剝がれたような顔つきで、おもんは答えた。

「そう、それは良かった」

おちよは笑みを浮かべた。

「お子さんはまだお休みで？」

名物の豆腐飯をつくりながら、時吉がたずねた。

「疲れたみたいで、ぐっすり寝ています」

おもんは答えた。

「では、こちらにどうぞ」

おちよが手で一枚板の席の端を示した。

「はい、まもなくできます」

今日の朝は千吉も厨に入っていた。父とともに手を動かし、豆腐飯の膳をつくる。

まもなく膳ができた。千吉が食べ方も指南した。

甘辛いだしでじっくり煮込んだ豆腐をほかほかのごはんにのせ、薬味を添えて崩しながら食す。初めは豆腐だけ匙ですくい、続いてごはんとまぜてわしわしとほおばると、これがまたことのほかうまい。

さらに、日替わりの汁と小鉢と香の物がつく。この膳を目当てにのどか屋に泊まる客も多い朝の名物料理だ。

「おいしい……」

おもんはそれきり黙りこんだ。

「ごはんもたんと召し上がってください」

おちよが言った。

おもんはうなずき、いくたびも目をしばたたかせながら豆腐飯を食した。

「おいしゅうございました」

そう言って匙を置くと、おもんは両手を合わせた。

「お代は結構ですからね」

おちよがいくらか声を落として言った。

「えっ、それでは相済まないので、何か手伝いを」

　おもんが心底すまなそうに申し出た。

「いまは休んで身の養いを心がけるのがいちばんです」

　時吉がさとすように言った。

「宗兵衛ちゃんも大変だったんですから」

　千吉も言う。

「何かあったのかい」

「風邪かい？」

　相席になった客が問うた。

「いえ、何でもないんですよ」

　おちよがあわてて笑顔で場を取り繕った。

「今日は同じ部屋でゆっくりしていてください。今後のことはまたあとでご相談しましょう」

　時吉はそう言って、次の豆腐飯膳を仕上げた。

六

申《さる》の日だから、千吉はずっとのどか屋番だ。そのうち、いいなずけのおようも顔を見せた。

「風邪は引いてない？　おようちゃん」

おちよが気づかった。

「ええ。なんとか平気でした」

おようは笑みを浮かべた。

その後は、中食の仕込みをしながら、みなでおもんと宗兵衛の今後について思案することにした。

「江戸にどなたか身寄りは？」

おちよがおもんにたずねた。

「いいえ」

おもんは力なく首を横に振ってから続けた。

「亭主は勝手に女をつくって出て行ってしまい、親は早くに亡くなって、親族との縁も切れていますので」

　どうやら頼れるところはないようだ。

「長屋のほうは？」

　今度は時吉が問う。

「店賃《たなちん》をためこんで追い出されてしまったので、行くところはありません」

　おもんは暗い顔で答えた。

「うちの常連に旅籠と長屋をいくつも持ってる元締めさんがいるので」

　千吉が言った。

「そうそう。住むところは按配してくださるはず」

　おちよが笑みを浮かべた。

「そんな、何から何まで……」

　また申し訳なさそうにおもんが言った。

「困ったときはお互いさまですから」

　と、おちよ。

「江戸の人はそうやって生きてきたので」

　時吉も言う。

「うちも二度焼け出されて、そのたびに周りの人たちに支えられて、ここまで続けて来られたんですよ」

おちよが告げた。

「そうだったんですか」

おもんはうなずいた。

「ところで、宗兵衛ちゃんの足だけど……」

やっと元気になり、ぎくしゃくした足さばきでふくを追いかけているわらべを指さして、千吉が言った。

「ええ。足が悪いこの子の行く末も案じて……」

おもんの表情がまた陰った。

世をはかなみ、大川に身を投げたわけは一つだけではない。宗兵衛の行く末を案じたこともその一つのようだった。

「足は治るかもしれませんよ。うちの子もそうだったんですから」

おちよが千吉のほうを手で示した。

「生まれつき左足が曲がっていましてね。千住の名倉の若先生に添え木の療治器具をつくっていただいたおかげで、いまは普通に歩けるようになったんですよ」

時吉がくわしく述べた。

「足が曲がっていたのに治ったと？」

おもんが驚いたような顔つきになった。

「ええ。いまは走ることもできます。あんまり速くないけど」

千吉は笑みを浮かべた。

「なら、あの子も治りますでしょうか」

おもんは宗兵衛を指さした。

猫はすばしっこくて捕まらなかったようで、いまは座敷の上がり口にちょこんと座っている。

「まずは名倉で診ていただきましょう。近々、千吉と一緒にごあいさつに行こうと思っていたところなので」

時吉が水を向けた。

「それがいいわね。千住宿なら長屋もいろいろあるだろうし、いいつとめも見つかるでしょう」

おちよがまた笑みを浮かべる。

「……承知しました」

おもんは肚《はら》をくったような顔つきになった。

「この子は歩けないので、駕籠で一緒に参りたいのですが」

おずおずと言う。

「駕籠賃は出しましょう」

時吉は白い歯を見せた。

「千住宿に知り合いがいる常連さんもいるでしょうから、いろいろ調べてから行けば、きっと住むところもつとめも見つかりますよ」

おちよが言った。

「宗兵衛ちゃんの足も治るからね」

千吉が座敷のわらべに声をかけた。

「うんっ」

宗兵衛が元気よく答えた。

七

短い中休みを経て二幕目に入ると、すぐ元締めが顔を見せた。

さっそくおもんと宗兵衛の件を伝える。

「千住なら、ご隠居の俳諧仲間が長屋の差配をしているはずだよ」

信兵衛は耳寄りの話を伝えてくれた。

「さようですか。それは頼りになりそうです」

おちよの顔が晴れた。

「よしよし」

宗兵衛は座敷で二代目のどかの背をなでていた。

初めは警戒していた猫だが、いまは気持ちよさそうにのどを鳴らしている。

休んでいてとおちよは言ったのだが、何か手伝わないと申し訳ないと言って、おもんはおけいとおようとともに客の呼び込みに行った。川開きの長逗留組がみな発《た》ってしまったから、また一つずつ部屋を埋めていかなければならない。

「なら、あとで善屋へ寄りがてらご隠居をたずねて、話をしてくるよ。……それにしても、この炊き込みご飯はさわやかでうまいね」

元締めは笑みを浮かべた。

「ありがたく存じます。中食の顔でしたが、二幕目にも出せるように多めにつくっておきましたので」

時吉は笑顔で答えた。

新生姜と枝豆の炊き込みご飯だ。ほかに名脇役として油揚げも入れる。米ばかりでなく、もち米も二割ほどまぜるのが勘どころだ。醬油味のもっちりとした炊き込みご飯に加えると、新生姜のさわやかさと枝豆の味がさらに活きる。

中食の膳には鰺の焼き物と小松菜のお浸し、それに、葱と茄子の味噌汁を添えた。

常連客には大好評で、三十食があっという間に売り切れた。

ほどなく、よ組の火消し衆が姿を現した。

「おっ、坊は元気だな」

のれんをくぐるなり、かしらの竹一が座敷の宗兵衛を見て言った。

「おっかさんは？」

纏持ちの梅次が問うた。

「本復《ほんぷく》したので、おけいちゃんたちと一緒に呼び込みに行っています」

おちよが答えた。

「若おかみもかい？」

かしらがそう言って座敷に腰を下ろす。

「ええ。おようちゃんも風邪を引かずに達者ですよ」

と、おちよ。

「そいつぁ何よりだ」

「一時はどうなることかと思ったがよ」

「みな無事で良かったぜ」

火消し衆は口々に言った。

「あっ、帰ってきたかしら」

表の気配を察して、おちよが言った。

ほどなく、三組の客がのどか屋に入ってきた。

案内した女のなかには、おもんの姿もあった。

八

その後の段取りはいい按配に進んだ。

元締めの信兵衛が隠居の季川に会い、古いなじみの俳諧師の話を聞いた。隠居の話によると、千住宿ではなかなかの顔役で、旅籠などにも知り合いが多いらしい。ならば、住むところばかりでなく、つとめも世話してもらえるかもしれない。

思わぬ知らせが飛びこんできたのは、翌《あく》る日の二幕目だった。

その日、千吉は紅葉屋の花板だ。ただし、のどか屋番のおようはずっと詰めている。

中食の膳の顔は鯵の押し寿司だった。

軽く酢じめした鯵の下に、隠し味としておぼろ昆布を忍ばせるのが勘どころだ。押しの手間はかかるが、客の評判は上々だった。

首尾よく売り切れ、中休みを経てのれんを出してほどなく、岩本町の御神酒徳利が息せき切ってのどか屋へやってきた。

「おう、大変《てえへん》だぞ」

のれんをくぐるなり、湯屋のあるじが言った。

その手には、一枚の刷り物が握られていた。

「えれえ評判だぜ、若おかみ」

これから呼び込みに出ようとしていたおように向かって、野菜の棒手振りの富八が言った。

「評判と言いますと？」

おようがいぶかしげに問う。

「まあ、これを読みな」

寅次がそう言って渡したのは、かわら版だった。

おちよとおけいも近づいて覗きこむ。

「読むわね」

おちよが厨の時吉に言った。

「ああ、頼む」

時吉は答えた。

おようからかわら版を受け取ると、おちよはのどの調子を調えてから読みだした。

大川端にて若おかみ人だすけの巻
川開きの花火のあとなりき。いかなるいきさつか知らねども、見物の親子が大川に落ちたり。
すは一大事とばかり、助けに飛びこみしは、横山町の小料理のどか屋の跡取り息子なりき。
さりながら、跡取りの千吉は金づちにて、助けることあたはず。おのれもおぼれさうになつてしまひき。

見物の親子は、危うきところを火消し衆が助けたり。勇《ゆう》なるかな、火消し。ことに、ほまれのよ組をたたへるべし。

残るはのどか屋の跡取り息子なり。

ここでひと肌脱ぎしは、千吉がいひなづけにて、のどか屋ではすでに若おかみと呼ばれてゐる娘なり。

千吉さんをたすけなければ。

一心《いっしん》にさう思ひし若おかみは、頭からざんぶと大川の水へ……

「ちょっと待ってください」

おようが思わず声をあげた。

「わたし、頭から飛びこんでなんかいませんよ。足からうっかり滑り落ちただけで」

真っ赤な顔で言う。

「そうだったのかい。おいらもまさかとは思ったがよ」

岩本町の名物男が言った。

「そりゃ、面白おかしく書くのがかわら版だから」

富八もおかしそうに言った。

「でも、よくもまあそんな大嘘を」

およウが口をとがらせた。

「向こうもあきないだからよ」

と、寅次。

「で、続きは？」

時吉が先をうながした。

「ええ、読むわね」

おちよは続きを読んだ。


……ざんぶと大川の水へ飛びこみ、見ン事、千吉を救ひたり。

果敢なるかな若おかみ。

若おかみのめざましきはたらきで、親子とのどか屋の跡取り息子、すべての命が助かりたり。

善哉善哉《よきかなよきかな》。

夏のほまれは若おかみ也。

「辻褄《つじつま》が合ってねえけどよ」

寅次が笑った。

「親子は火消しが助けたって書いてあるんだが」

富八も言った。

「まあ、でも、恥ずかしい」

おようはまだ真っ赤な顔だ。

「江戸じゅうに名がとどろいたわねえ」

おけいが笑顔で言った。

「ちゃんと横山町の小料理のどか屋って書いてあるから、若おかみ目当てのお客さんが来てくださるかも」

おちよが算盤《そろばん》を弾《はじ》いた。

「そりゃあ、大繁盛間違いなしさ」

と、寅次。

「野菜は多めに運んでやるからよ」

富八が天秤棒をかつぐしぐさをした。

「明日とあさっては千吉もうちの厨だから、まあなんとかなるだろう」

時吉が言った。

九

若おかみ目当ての客はやはり来た。

翌日の中食は梅おかか焼き飯だった。

梅干しをほぐしてよくたたき、醤油でのばしておく。飯と溶き玉子をからめ、刻んだ葱と蒲鉾を具にしてぱらりと炒め、塩胡椒と梅肉醤油で味つけし、鍋を振ってまんべんなく味を行きわたらせる。

仕上げは削り節だ。これで味がさらに引き立つ。

「若おかみのつらを拝むために来たんだがよ。のどか屋は飯もうめえな」

「おう、来て良かったぜ」

初顔の客は上機嫌で帰っていった。

常連も次々にのどか屋ののれんをくぐってきた。かわら版に載っていたよ組の火消し衆や黒四組の面々がかわら版を見てのどか屋を訪れた。ときには座敷も一枚板の席も埋まって土間に座る者も出るほどだった。

厨も大忙しだった。

そうめんは茹でる端からなくなっていった。富八がたくさん運んでくれた茄子は焼いてから煮浸《にびた》しにした。ただの焼き茄子でも、生姜醤油で食べれば美味だが、ひと手間かけた焼き茄子の煮浸しもこたえられない味だ。

これも多めにつくったのだが、なにぶん客の入りが良すぎてあっという間になくなってしまった。困ったときに頼りになる干物も残りが乏しくなってしまい、あわてて鯵をさばいて干したくらいだった。

「ほんとに、猫の手も借りたいくらいだったわねえ」

のんびりと毛づくろいをしているゆきを見て、おちよが言った。

「ほんとに忙しかったね」

千吉もいささか疲れた様子だ。

「でも、笑いもあったから」

おけいが笑みを浮かべた。

若おかみのおようはまだ本所からの通いだ。おようが帰ったあとは、おけいと千住へ行くまで二階の部屋にいるおもんがお運び役だった。

「どっちがかわら版に載ってた若おかみだい？」

なかにはそんな間抜けな問いを発した客もいた。

「顔を見たら、若おかみじゃないって分かりそうなものだけど」

おけいはまだおかしそうに言った。

「なら、そろそろ上へ移ってくださるかしら。ご隠居さんが見えると思うので」

おちよがおもんに言った。

「承知しました」

おもんは部屋に戻り、支度を調えた。

今日は亥の日だから一日早いが、隠居が泊まりに来る手はずになっていた。時吉と千吉は、明日からおもんと宗兵衛とともに千住へ赴く。そのため、隠居が泊まる日を一日早めてもらったのだった。

支度が整ってほどなくして、なじみの声が外から響いてきた。

隠居の季川は、元締めの信兵衛とともにのどか屋へやってきた。

「かわら版、読ませてもらったよ」

隠居が温顔で跡取り息子に言った。

「お恥ずかしいかぎりで」

千吉が髷に手をやった。

「まあ、何にせよ、無事で何よりだったね」

隠居の白い眉がやんわりと下がった。

大松屋で湯に浸かり、これから良庵の療治を受けるところだ。

「ええ、もう川に飛びこむのはこりごりで」

千吉は首をすくめた。

十

ここで料理が出た。

肴はほぼ出尽くしてしまったが、茶漬けならできる。時吉は生姜の辛煮《からに》茶漬けをつくった。

生姜の辛煮ともみ海苔と三つ葉《みつば》。具はこれだけだが、絶妙の取り合わせだ。

「うまいね」

隠居が笑みを浮かべた。

「ほっとする味ですな」

元締めも和す。

ここで、おもんが二階から宗兵衛とともに下りてきた。

おちよが隠居を紹介する。

「もん、と申します。ご厄介をおかけします」

おもんはていねいに頭を下げた。

「もと俳諧師の大橋季川です」

隠居が名乗った。

「おまえもごあいさつなさい」

おもんがせがれに言った。

「宗兵衛です」

三つのわらべがちゃんと名乗ったから、のどか屋に和気が漂った。

「よく言えたね」

隠居がほめた。

宗兵衛がにこっと笑う。

「で、ご隠居さんの知り合いの俳諧師さんの件ですが」

時吉が切り出した。

「信兵衛さんからおおよその話は聞いているよ。正玄《しょうげん》さんは千住の顔役で、長屋もいくつかお持ちだから、まず住むところは手配してくれるだろう。わたしから一筆書いておくよ」

隠居は笑みを浮かべた。

「助かります。ありがたく存じます」

おもんがまた頭を下げた。

隣で宗兵衛もひょこっとおじぎをする。

「できればつとめもお願いしたいと」

元締めが言った。

「それもなんとかなるだろう。おもんさんはどういうつとめが望みだい？」

隠居がたずねた。

「この子を養うためなら、何でもやらせていただきます。怪しげなつとめじゃないかぎり」

おもんはいくらかぼかして答えた。

品川宿では客を取らされそうになってあわてて逃げたことがある。そのあたりに懸《け》念《ねん》があるようだった。

「旅籠などにも顔が利くから、素性《すじょう》のいいところを選んでつとめればいいよ」

隠居が温顔で言った。

「それから、宗兵衛ちゃんを名倉の若先生に診ていただくのも、このたびの大事なつとめで」

時吉がわらべのほうを手で示した。

「わたしも治ったんだから、きっと治るよ」

千吉が励ますように言った。

「もし治ったら、大きくなればいろいろなつとめもできます」

わが子の手を握って支えながら、おもんが言った。

「そうなればいいね」

隠居がうなずいた。

「治る？」

宗兵衛がいくらか不安げに母の顔を見た。

「きっと治るよ」

おもんは安心させるように言った。

「なら、正玄さんの住まいの絵図を描いてあげよう」

隠居が軽く右手を挙げた。

「ああ、それは助かります」

時吉が白い歯を見せた。

「では、さっそく紙の支度を」

おちよがばたばたと動く。

かくして、千住宿へ向かう段取りはすべて整った。

第七章　千住宿《せんじゆしゆく》にて

一

翌る日――。
のどか屋の前にこんな貼り紙が出た。

けふから三日のあひだ
中食と二幕目、おやすみさせていただきます
はたごはやつてゐます
のどか屋

「けっ、三日も休みかよ」

「中食を楽しみにしてきたのによ」

「ほかの見世へ行かねえと」

なじみの左官衆が貼り紙を見てしゃべっている声が響いてきた。

おちよが厨に入り、長吉屋の若い衆に三日だけ助っ人に来てもらうという手もあったが、それはいささか大儀だ。いっそのこと朝の豆腐飯だけにして、中食からは休むことになった。

中食はないが、若おかみのおようはいつもの時に来た。

「なら、よろしくね」

千吉が若おかみに言った。

「うん、任せといて」

おようが笑顔で答えた。

支度は着々と整ってきた。

おもんと宗兵衛の家財道具は無きに等しい。当座の着替えだけだから、時吉が嚢《ふくろ》に入れて背負っていくことにした。

「そろそろ駕籠を呼んでいいかな?」

千吉が訊いた。

「いいぞ」

時吉はすぐさま答えた。

旅籠が立ち並ぶ横山町には、なじみの駕籠屋がある。おもんと宗兵衛は駕籠に乗って千住宿まで行く段取りになっていた。

「あっ、千ちゃんどこへ？」

大松屋の前で、跡取り息子の升造から声をかけられた。

「駕籠を呼びに行くの。これから三日のあいだ、千住に行くんだ。宗兵衛ちゃんの足を名倉の若先生に診てもらおうと思って」

千吉は幼なじみに答えた。

「ああ、そりゃあいいね。千ちゃんも治ったんだから」

升造は笑みを浮かべた。

「どんな足も治してくださるんですか？」

隣にいたおうのが打ち水の手を止めてたずねた。

このところ、升造と一緒に呼び込みにも行っているようだ。

「たぶん、治してくださると」

望みをこめて、千吉は答えた。

「千ちゃんみたいに治ればいいね」

気のいい幼なじみが言う。

「そうだね。じゃあ、駕籠屋さんに」

千吉は右手を挙げた。

「お気をつけて」

おうのが明るい声を発した。

「気張ってね」

升造が張りのある声で言った。

二

駕籠が来た。

片方はわらべとはいえ、おもんと宗兵衛の二人が乗るから、大型の駕籠だ。

「では、千住宿の柳屋《やなぎや》まで」

時吉が言った。

「へい、承知で」

「ちゃんと運びまさ」

先棒《さきぼう》と後棒《あとぼう》が答える。

「先に柳屋でゆっくりしていてください」

時吉がおもんに言った。

「もし埋まっていたらどうしましょう」

おもんが問う。

「そのときは、べつの旅籠に移って、柳屋のおかみに伝えておいてもらえれば」

時吉は答えた。

「承知しました」

おもんはうなずいた。

「なら、行くぜ」

「おう」

駕籠屋がいい声を発した。

「気をつけて」

おちよが切り火で送る。

「行ってくるね」

千吉は見送りのおように言った。

「行ってらっしゃい」

若おかみが笑顔で送り出した。


しばらくは駕籠のあとをついて走った。

「身の鍛えになるぞ」

時吉は跡取り息子に言った。

「うん」

いくらか息を弾ませながら、千吉が答える。

「料理人も足腰を鍛えておかなければな。包丁仕事も、まずは腰の構えからだ」

楽に足を運びながら、時吉は言った。

生まれ育った大和梨川の城は小高い丘の上に建っている。石垣が高く、城下へ行く道はどこも坂だ。若いころにそこを走って鍛えていた時吉の健脚《けんきゃく》ぶりにはいささかも衰えはなかった。

しかし……。

千吉にはいささか荷が重かった。

小さいころは曲がっていた足が治り、走れるようになったとはいえ、長く走るのは得手ではない。

「もう無理」

そのうちあごを出して止まってしまった。

「なら、無理するな。行き場所は決まってるんだから、速めの歩きでいい」

時吉は笑みを浮かべた。

「じゃあ、一服してから」

千吉は額の汗をぬぐうと、腰に提《さ》げた竹筒の水を呑んだ。

三

千住宿の柳屋はなじみの宿だ。

のどか屋を定宿にしてくれているありがたい常連に、野田の醬油づくりの花実屋の主従がいる。かつて、花実屋に招かれ、千吉をつれて野田まで行ったことがあった。

その途次《とじ》、千住宿で泊まったのが柳屋だった。もとはといえば、ここは花実屋の定宿だ。

その帰りに名倉の若先生に診てもらったのをきっかけに、曲がっていた千吉の足が治ったのだから、のどか屋の親子にとってみれば大いに縁のあるなつかしい宿だった。

柳屋の泊まり部屋は、幸いにも空いていた。

おもんと宗兵衛は先に着いて待っていた。時吉と千吉は隣の部屋に泊まることにした。

「では、おそろいになったことですし、内湯はいかがですか?」

愛想のいいおかみがおもんに声をかけた。

柳屋の売りどころは、一に鰻料理、二に内湯だ。

「遠慮せずに入っていてください」

時吉はおもんに言った。

「長屋のほうはよろしゅうございますか?」

おもんはたずねた。

「今夜はここに泊まるんですから、正玄さんのもとをたずねるのは明日でいいでしょう。今日は疲れているだろうし」

時吉がそう答えると、おもんはいくらかほっとしたような顔つきになった。

「名倉とどちらを先に？」

千吉が問うた。

「それは名倉次第だな。明日の朝から診ていただけるのなら、そちらを先にしよう。まずは約を取っておかなければ」

時吉は答えた。

「じゃあ、わたしたちはこのあと、宗兵衛ちゃんの約を取りがてら、名倉へあいさつに行ってきますから」

千吉がおもんに告げた。

骨つぎの名医として名がとどろいている名倉医院のもとへは、ほうぼうからあまたの患者がやってくる。いきなり行っても順があって待たねばならないから、まず約を取っておくことにした。

「どうかよろしゅうに」

おもんが頭を下げた。

「坊っちゃんもお小さいころお見えになって、名倉で診ていただいたおかげで治ったんですよ」

柳屋のおかみがおもんに言った。

「うちの子も治るといいんですが」

と、おもん。

「きっと治してくださいますよ。それにしても、背丈が伸びて、立派になられて」

おかみは千吉をまじまじと見て言った。

「実は、いいなずけができて、来年には祝言を挙げるんです」

時吉が告げた。

「まあ、それはそれはおめでたく存じます」

おかみが目をまるくした。

「ありがたく存じます」

千吉が照れて髷に手をやる。

「そんなわけで、われわれは名倉へ行きますから、夕餉も先に」

時吉はおもんを手で示した。

「相済みません」

おもんがまた頭を下げる。

「なんの。あとの楽しみになりますから」

千吉が如才なく言った。

「よし。なら、行くぞ」

時吉の声に力がこもった。

「はいっ」

跡取り息子がいい声で答えた。

四

名倉医院の開業は明和《めいわ》年間（一七六四―一七七二）だ。

爾来《じらい》、評判を呼び、「千住の骨つぎ」「骨つぎの名倉」といえば、江戸では知らぬ者のないほどの名医になった。

江戸から駕籠で名倉を目指す患者は、おおむね千住宿で泊まりになる。柳屋もそうだが、名倉の患者のための旅籠がいくつもあるほどだった。

「なつかしいなあ」

名倉に向かって歩を進めながら、千吉が言った。

「憶えてるか？」

時吉が問う。

「うん。ひと頃は毎月通ってたから」

通りの両側に目を走らせながら、千吉は答えた。

「初めのうちは、おまえを負ぶって歩いていたからな」

時吉も遠い目で言う。

「それから、半年に一度になって、もう大丈夫だって言われたんだよね」

千吉は感慨深げに言った。

「それ以来だな。ずいぶんご無沙汰だった」

時吉は風呂敷包みを少し上げた。

中に入っているのは風月堂音次《ふうげつどうおとじ》の焼き菓子だ。世話になった御礼だから土産も嚢に入れてきた。

ややあって、立派な門が見えてきた。

風格のある板に「名倉醫院」と記されている。

入ると、まず受付に来意を告げ、宗兵衛の診察の約を取った。滞《とどこお》りなく取れたあとは、診察の合間にあいさつだけしたいと伝えた。

「ああ、のどか屋の千吉さんですね」

受付の女は千吉を憶えていた。

「ご無沙汰しております。今日のところは若先生にごあいさつだけと存じまして」

千吉はよどみなく告げた。

「承知しました。伝えてまいります」

女はすぐさま動いてくれた。

ほどなく、若先生のほうが診察部屋から出てきてくれた。

「これはこれは、大きくなられて」

名倉の若先生、いや、いまや恰幅《かっぷく》を加えた堂々たる少壮の医者が千吉を見て声をあげた。

「ご無沙汰しております」

千吉が一礼した。

「その節はお世話になりました」

時吉も頭を下げた。

「うちに通っていたときとは見違えるほどですね」

医者は笑みを浮かべた。

「来年には、いいなずけと祝言を挙げるんですよ」

時吉が伝えた。

「ほう、それはそれはおめでたいことで」

骨つぎの顔がさらにほころんだ。

次の患者を待たせるわけにはいかないから、時吉は手短に用向きを告げた。千吉と同じように足が曲がっている三歳のわらべの療治だと告げると、医者の表情がぐっと引き締まった。

「まだ三つなら、粘り強い療治をすれば千吉さんのように治るかもしれません。明日の朝から診ましょう」

若先生はそう言ってくれた。

話によれば、大先生《おおせんせい》はだいぶ歳だが、まだたまに患者を診ているらしい。ならば、恰幅を加えたとはいえ若先生だ。

「ありがたく存じます。では、また明日改めて」

時吉が言った。

「ええ、お待ちしていますよ」

若先生は笑顔で答えた。

五

柳屋に戻って首尾を告げると、おもんは愁眉《しゅうび》を開いたような顔つきになった。

「それはありがたく存じます。では、先に名倉のほうへ」

おもんが言った。

「おそらく添え木などを付けていただけると思います」

時吉はそう答えて、宗兵衛のほうを見た。

「初めはちょっと痛いかもしれないけれど、我慢すればだんだんにまっすぐになってくるからね」

わらべに向かって言う。

「そう、我慢だよ、我慢」

千吉も言った。

「うん」

いくらか心細そうに、宗兵衛はうなずいた。

親子と別れて内湯に浸かってから上がると、夕餉が運ばれてきた。

おかみに加えて、あるじも膳を運んできた。

ただし、いくらか腰が曲がっており、運ぶのが大儀そうだ。

「わたしが運びますよ」

見かねて千吉が手を貸した。

「相済みません。だいぶ歳が寄ってきたものですから」

あるじがすまなそうに言った。

「うちは名倉のお客さんのために平屋の造りにしてありますから、階段の上り下りがないだけまだしもなんですけど、お運びさんの手がないもので」

おかみも言う。

旅籠に逗留する名倉の患者は、足を痛めていることが多い。階段があると難儀をするから、平屋の造りにしてあるのだった。内湯にも抜かりなくいいところに手すりがしつらえられている。

「失礼ですが、後継ぎさんは？」

鰻の蒲焼きを盛った大平椀《おおひらわん》を受け取ってから、時吉はたずねた。

「せがれは大工になったもので、うちの普請を直すことはあっても、旅籠を継ぐことはありませんんや」

あるじは答えた。

「まあ、それはそれでいいんですけどね。旅籠はわたしたちの代で終わりにしても」

おかみはやや寂しそうに言った。

自慢の鰻料理を賞味しながら、なおしばらく柳屋の二人の話を聞いた。

あるじは松平《まつへい》、おかみはおしまという名だった。ここ千住宿で三代続く旅籠だ。往来の邪魔になると言われたから泣く泣く切ったが、かつては旅籠の前にいい柳の木が植わっていたらしい。旅籠の名はそれに由来する。

子はいくたりかいたがなかなか育たず、やっとひとかどの大人になったせがれはどうあっても大工になりたいと修業をして、どうにか一人前になった。いまさら旅籠を継げとは言えない。あとどれくらい体が続くか分からないが、柳屋を定宿にしてくださるありがたいご常連さんのためにも、なるたけ長くのれんを守りたい。

時吉に酌をしながら、柳屋の二人はそんな話をした。

「厨仕事だけなら、大鍋を運んだりするのは女房が手伝ってくれますし、蒲焼きなどはだいぶ腰は曲がってもできるんですがねえ」

松平はおのれの腰に手をやった。

「お泊まりの部屋へ運ぶ手が足りないときは、どうしても手伝ってもらわなきゃなりませんので」

おしまがあるじのほうを手で示した。

「まあ、お客さまにごあいさつもしなきゃなりませんのでね。……あ、これはまた長居をしてしまって」

松平は額に手をやった。

「相済みません。おしゃべりなほうで。では、ごゆっくり」

おしまはそう言って腰を浮かせた。

六

翌日はみなで名倉に向かった。

駕籠を使うほど離れてはいないから、時吉が宗兵衛を抱っこして歩いた。

その道々、ある相談をした。

ゆうべ、柳屋のあるじとおかみが去ったあと、千吉がある案を思いついた。時吉はそれをおもんに伝えた。

「わたしが柳屋さんのお運びを？」

おもんは驚いたように問うた。

「そう。人手が足りないみたいだから」

千吉が言った。

「旅籠につとめたことは？」

時吉が訊く。

「品川宿でちょっと。でも、怪しげな宿だったのであわてて逃げて……」

おもんの表情が曇った。

「柳屋さんはそういう宿じゃないから」

時吉は笑みを浮かべた。

「ええ、それはもう」

おもんがうなずく。

「だったら、柳屋さんに住み込みで」

千吉が勝手に段取りを進めた。

「でも、宗兵衛がいるので」

おもんは少し首を傾《かし》げた。

「住み込みになると、正玄さんに長屋を頼まなくても済むな」

と、時吉。

「じゃあ、行くのはよす？」

千吉が訊いた。

「いや、ご隠居の文を渡さなきゃならないから」

時吉は答えた。

「あっ、そうか」

千吉は髷に手をやった。

そんなやり取りをしているうちに、名倉が近づいてきた。

「よし、ここから歩いてみな」

時吉が宗兵衛を下ろした。

「うん」

宗兵衛はぎくしゃくした歩みで、杖を突きながらゆっくりと進みだした。

「いつか治るといいわね」

そのさまを見て、母のおもんがしみじみと言った。

七

若先生による宗兵衛の療治には、時吉と千吉も立ち会った。

「こっちへ曲げると痛いかい？」

右ひざを曲げると、宗兵衛は顔をしかめた。

「痛ければ痛いって言うのよ」

おもんが気づかわしげに言う。

「うん」

半ばべそをかきながら、宗兵衛がうなずいた。

「これは？」

若先生は木槌《きづち》でひざをたたいた。

宗兵衛はとうとう泣きだした。

名倉の骨つぎはしばらくなだめてから添え木を取り出し、器具の長さを合わせた。

装着の仕方をおもんに念入りに教える。

「初めのうちは杖を使ってもいいですが、なるたけおのれの足だけで歩く稽古をしてください」

若先生は言った。

「はい」

おもんがうなずく。

「気張ってね」

千吉が宗兵衛を励ました。

「添え木を付けて一歩進むたびに、足は少しずつまっすぐになっていくんだから」

時吉も言う。

三つのわらべは、心細そうにうなずいた。

「よし。では、ここで歩く稽古をしてみよう」

若先生は両手を一つ打ち鳴らした。

宗兵衛はおっかなびっくり歩きだした。

「身を左に傾けず、右も使ってまっすぐ歩くんだ。はい、もう一度」

柔和《にゅうわ》な表情で言う。

「あっ、いまのは良かったよ」

ややあって、千吉が声をあげた。

「そうだね。杖なしで右を使って歩く稽古を繰り返していたら、だんだんに良くなってくるからね」

添え木付きの器具を装着して、ひとまず療治は終わった。

「痛みが出たら、あまり無理をしないように。二年、三年とかかるかもしれない療治ですから」

若先生はおもんに言った。

「承知しました。ありがたく存じます」

おもんはていねいに頭を下げた。

「江戸からだと大変でしょうから、半年に一度くらいお越しいただければと。それが難しいのなら、一年に一度でもかまいません」

若先生は言った。

「いや、この千住宿で住まいとつとめを探すことにしているんです」

時吉が告げた。

「そうですか。なら、三月《みつき》に一度だ。具合が悪かったら、もっと短くてもいい」

若先生は白い歯を見せた。

「承知しました。三月に一度、つれてまいります」

おもんもいい顔で答えた。

八

歩けるところまで歩かせてみたが、これでは日が暮れてしまいそうだった。宗兵衛も疲れたようなので、また時吉が抱っこして柳屋まで戻った。

ここからは次の段取りだ。あるじの松平とおかみのおしまに声をかけ、手が空《あ》いたら相談をする手はずを整えた。

「もし住み込みが駄目なら、正玄さんのところへ行きますから」

時吉がおもんに言った。

「承知しました。でも、この子は今日はもう歩けないかと」

おもんは宗兵衛を指さした。

また半ばべそをかきながら、器具を外《はず》した右ひざを手でもんでいる。曲がっていた足をこれからまっすぐにしていくのだから痛みを伴う。

「なら、わたしが守《も》りをしてます」

千吉が手を挙げた。

「ああ、それがいいな」

時吉がすぐさま答えた。

「お願いします。いい子にしてるのよ」

おもんが宗兵衛に言ったとき、柳屋のおかみとあるじがやってきた。

「お待たせをいたしました」

おしまが愛想よく言う。

「お呼びたてして相済みません」

時吉がまずわびた。

「なんの」

松平が短く答え、座敷の端のほうにゆっくりと座った。

「後の段取りがあるので、いきなり勘どころへ入らせていただきます」

時吉は軽く座り直してから続けた。

「柳屋さんではお運びの手が足りず、ご主人が難儀をされています。そこで、こちらのおもんさんを住み込みのお運び役として雇っていただけないかと存じまして」

のどか屋のあるじは、おもんのほうを手で示した。

「雨露をしのげるところと、何かまかないの余り物をいただければ、手間賃などは要りませんので。どうかよろしゅうお願いいたします」

おもんはそう言って両手をついた。

「もし子連れの住み込みは駄目だということであれば、これからつてを頼って長屋を探してまいります。その場合は、店賃《たなちん》が払えるほどの手間賃をいただければと」

時吉はなおも言った。

「宗兵衛ちゃんの療治代もあるよ」

千吉が横から口を出した。

「それはまたあとの話だ」

時吉は右手を挙げて制した。

「どうする？　おまえさん。わたしはありがたい話だと思うけどねえ」

おかみは乗り気で言った。

「そうだな。膳を運んでもらうだけで、こちらはずいぶんと助かる」

あるじも言う。

「ほかに、お泊まりのお客さんが少ないときは呼び込みに行ったり……」

と、おかみ。

「あ、それはのどか屋さんでやりました」

おもんが勢いこんで告げた。

「お運びも手慣れたものだったので、柳屋さんの助けになるでしょう」

時吉は話をまとめにかかった。

「せがれが帰ってくるかと思って空けておいた小部屋があるんで、そこに寝泊まりしてもらえれば」

松平が段取りを進めた。

「承知しました。それはありがたいかぎりです」

おもんはうるんだ目で答えた。

「宗兵衛ちゃんの療治代くらいは、もちろんお出ししますから」

おしまが笑みを浮かべる。

「そりゃ手間賃は払いますんで。それを貯めて、療治代に充《あ》ててもらえれば」

松平も和す。

「なら、話は決まりましたね」

時吉が白い歯を見せた。

「さっそく今日からつとめます。どうぞよしなに」

おもんがまた畳に両手をついて頭を下げた。

九

おもんは首尾よく柳屋の住み込みに決まった。千吉が宗兵衛の守りをして、時吉がおもんとともに正玄をたずねなくてもよくなった。名倉まで往復したが、まだまだ元気だ。

季川に描いてもらった絵図はいささか分かりにくかったが、人にも訊いて、高原《たかはら》正玄の住まいを探し当てた。

なかなかに品のいい住まいで、女房は常磐津《ときわづ》の師匠らしく、弟子に稽古をつけている最中だった。

「さようですか。季川先生のお知り合いで」

正玄はなつかしそうに言った。

隠居よりひと回りくらい下だろうか。血色は良く、まだまだ達者そうだ。

「ええ。季川さんには大変にお世話になっております。文を預かってまいりましたので」

時吉はふところから文を取り出し、正玄に渡した。

「これはこれは……ああ、季川先生の字ですねえ」

感慨深げに表書きを見ると、正玄はひとまず文をふところにしまった。

時吉は手短に、おもんの件を伝えた。長屋を按配してもらえればと思ってやってきたが、柳屋に住み込みでつとめることになったという件だ。

「さようですか。柳屋さんはときどき蒲焼きだけ食べに行きますよ。そこいらの鰻屋より上ですからね」

正玄は笑みを浮かべた。

「さようですね。焼き加減もたれもちょうど良くて」

時吉は答えた。

「何にせよ、住み込みで働けるのならそれがいちばんです」

正玄は言った。

「わたしもほっとしました。では、お騒がせいたしました」

時吉は一礼して帰ろうとした。

「せっかくのお越しですから、近場で蕎麦でもいかがです？　季川先生のお話もうかがいたいですし」

正玄は水を向けた。

「さようですか。では、お供させていただきます」

ちらりと千吉の顔を見てから、時吉は答えた。

千吉も「蕎麦なら」という顔をしていた。

稽古中の女房にひと声かけてから正玄が案内したのは、やぶ藤《ふじ》という蕎麦屋だった。

存外に奥行きがあり、小上がりの座敷が続いている。そろいの半纏《はんてん》の大工衆が陣取り、すでにだいぶきこしめしている様子だった。

「奥にしましょう」

正玄は手で示した。

時吉と千吉は座敷に上がった。

蕎麦はなかなかに筋が良かった。角《かど》が立っていてのど越しがいい。茹で加減も絶妙だ。

聞けば、深川《ふかがわ》の名店、やぶ浪《なみ》であるじは修業したのだそうだ。やぶ浪の蕎麦なら時吉も食したことがある。さてこそという味だ。

「どうだい？」

正玄は千吉にたずねた。

「おいしいです」

千吉は笑顔で答えた。

旅籠に帰れば夕餉があるが、せっかくだから、だし巻き玉子も頼んだ。これまた上品な仕上がりで、だしの入り方も焼き加減も申し分がなかった。

亀甲《きっこう》に吉。同じ屋号を染め抜いた大工衆はいい実入りがあったらしく、上機嫌で呑んでいる。その声が時吉たちのところまで響いてきた。

「あんな豪勢な欄間《らんま》は初めて見たぜ」

「欄間だけじゃねえ。床の間だけでも大したもんだ」

「小間物問屋ってのはもうかるんだねえ」

「いままで五本の指に入る普請だったぜ」

「ま、おかげで当分は呑み明かせるな」

「お、もう一杯行け」

そんな調子で、うるさいほどににぎやかだ。

それを聞いていた千吉が、束の間《つかのま》、「ん？」という顔つきになった。

正玄と時吉は季川の話をしていた。

「そうですか。まだお達者なのは何よりです」

もと俳諧師は笑みを浮かべた。

「うちに泊まられるのは巳の日と亥の日に決まっていますので、江戸へ来られる際はぜひ日を合わせてお越しくださいまし」

時吉は如才なく言った。

「はは、あきないがお上手ですね。季川先生にお目にかかりたいので、そのうち参りますよ」

正玄は乗り気で答えた。

「ええ。巳の日と亥の日ですので」

時吉は念を押した。

夕餉があるから、ほどなくここは締めることになった。

立ち去るとき、千吉は大工衆の背にちらりと目をやった。

十

翌る日は朝餉を食べてから千住宿を発ち、江戸へ戻ることにした。

膳を運んできたのは、おもんだった。

「お待たせいたしました」

おかみから着物を譲り受けたおもんの表情は明るかった。

「おお、これは」

「ご苦労さまです」

時吉と千吉が笑顔で膳を受け取った。

おかみのおしまもあわただしくやってきた。どうやら二人で泊まり客の部屋を回っているらしい。

「おもんさんはてきぱき動いてくださるので、助かってますよ」

おかみはそう言ってお茶の土瓶を置いた。

「いえいえ、まだ慣れませんので」

おもんはあわてて手を振った。

次の客が待っているおかみはさっと頭を下げた。

「では、ごゆっくり」

「あとで宗兵衛を起こしてお見送りをしますので」

おもんも続いた。

朝餉は焼き魚に小松菜のお浸し、納豆に豆腐と葱の味噌汁とお新香。いたって素朴な膳だったが、飯がうまくて心にしみた。

「ああ、おいしかった」

千吉が満足げに言った。

「たまに豆腐飯じゃない朝餉を食べるとうまいな」

時吉も笑みを浮かべる。

「うん。どれから食べるか、順を思案するだけでも楽しいから」

と、千吉。

「昨日の話は、あんみつさんが来たときにでも」

時吉はそう言って、湯呑みに手を伸ばした。

千吉も茶を呑みながらうなずいた。

出立《しゅったつ》の時が来た。

宗兵衛はいくらか眠そうだったが、おもんとともに見送りに出てきてくれた。

「じゃあ、達者でね」

千吉が三つのわらべに言った。

「うん。気張って稽古する」

宗兵衛は装具をつけた右足を動かしてみせた。

「このたびは、何から何まで、本当にありがたく存じました」

少し改まった口調で、おもんは頭を下げた。

「達者でやってください」

時吉が笑みを浮かべた。

「またいつか泊まりに来ます」

千吉も言う。

「お待ちしております」

と、おもん。

「そのときは、すいすい歩けるようになってるよ」

千吉が宗兵衛に言った。

「うん」

宗兵衛は元気よくうなずいた。

ここであるじとおかみも見送りに出てきた。

「またのお越しを」

「道中、お気をつけて」

柳屋の二人が並んで言う。

「あ、そうだ」

千吉がふと思いついたように手を打ち合わせた。

「宗兵衛ちゃん、大きくなったら料理人にならない?」

わらべに向かって問う。

「りょうりにん?」

宗兵衛はきょとんとした顔で問うた。

数えの三歳でも正月生まれだから言葉は多いほうだが、料理人という言葉は知らなかったらしい。

「ひょっとして、うちの厨の手伝いを?」

おかみがそれと察して言った。

「ああ、そりゃ後継ぎになるかも」

腰が曲がってきたあるじが乗り気で言った。

「鬼が笑うような話だけど」

と、千吉。

「もし料理人になるのなら、うちでいくらでも修業を」

時吉が白い歯を見せた。

「その節《せつ》はよしなにお願いいたします」

おもんが晴れやかな顔で答えた。

四人に見送られて、のどか屋の二人は柳屋を後にした。

しばらく歩いたところで振り返ると、まだそこに人影があった。

「達者でね」

千吉は大きな声で言った。

「うんっ」

宗兵衛の元気のいい声が返ってきた。

第八章　冷やし鮑《あわび》と玉豆《たまとう》炒め

一

「そりゃあ、楽しみだね。正玄さんにはずいぶん会っていないから」

のどか屋の一枚板の席で、隠居の季川が言った。

大松屋で内湯に浸かり、いまは元締めの信兵衛とともに良庵の療治を待っているところだ。

「いつかは分かりませんが、うちにお見えになるでしょう」

厨で手を動かしながら、時吉が言った。

「気長に待ってるよ。寿命が先に来てしまうかもしれないがね」

と、隠居。

「なに、まだまだ達者でいけるでしょう」

元締めがそう言って酒をついだ。

「なんにせよ、良かったですね。おもんさんと宗兵衛ちゃんが柳屋さんに住み込みになって」

おちよがほっとしたように言った。

「正玄さんに頼らなくてもよくなったわけだからね」

隠居が笑みを浮かべた。

ここで料理ができた。

泊まり客から小腹がすいたという声がかかったからつくった、鯛と葱の炊き込みご飯だ。薄切りの鯛と葱だけの具だが、これがまたさっぱりしていてうまい。

「お、来たね」

隠居がさっそく箸を取った。

「こりゃうまそうだ」

元締めも続く。

「あ、療治が終わったようですよ」

おけいが言った。

日がだんだん西に傾いてきた。おようはすでに本所に戻り、おけいもそろそろ帰る頃合いだ。

二階で療治を受けていた客が下りてきた。

「できておりますよ、炊き込みご飯」

時吉が声をかけた。

「おう、ちょうど良かったっちゃ」

「療治も受けたしよ」

上機嫌で座敷に座ったのは、越中富山の薬売りたちだった。ありがたいことに、江戸では必ず泊まってくれる。顔ぶれは同じではないが、のどか屋ではすっかりおなじみだ。

いくらか遅れて、按摩の良庵と女房のおかねも下りてきた。

「ちょっと待ってくださるかな、良庵さん。療治はこれを食べたあとで」

隠居が声をかけた。

「良うございますよ。ゆっくり召し上がってくださいまし。一階の部屋でお待ちしておりますので」

良庵が答えた。

「うまいっちゃ」

炊き込みご飯を食すなり、薬売りが声をあげた。

「昆布がええつとめをしとる」

「北前船《きたまえぶね》が運んできた昆布だっちゃ」

越中富山の者たちは顔に喜色《きしょく》を浮かべた。

蝦夷地から昆布を運ぶ北前船は、越中富山にも寄港する。ために、かの地では昆布はなじみの食材だ。

越中ばかりではない。蝦夷地の風味豊かな昆布は、流れ流れて薩摩《さつま》や琉球《りゅうきゅう》にも運ばれていく。

「鯛は昆布締めにもするから、昆布とは合うね」

隠居が言った。

「昆布締めの鯛茶も美味ですからなあ」

元締めがそう答えたとき、表で足音が響いた。

のれんを分けて入ってきたのは、紅葉屋のつとめを終えてやってきた千吉だった。

二

「ご苦労さま」

おちよが労をねぎらった。

「あちらの跡取りさんはどうだい？」

隠居がたずねた。

「だいぶ上手になってきましたよ。両親が料理人だから、筋がいいので」

紅葉屋のお登勢のせがれの丈助のことだ。

千吉は笑顔で答えた。

「そりゃいいね」

隠居の白い眉がやんわりと下がった。

ほどなく、おけいが浅草へ帰ろうとした頃合いに、息せき切って一人の男が入ってきた。

秋から小間物屋を開く多助だった。

「ああ、間に合った」

多助は胸に手をやった。

「わたしですか？」

おけいが訊いた。

一人息子の善松は、多助と女房のおそめが開く小間物屋で奉公を始める手はずになっている。

「ええ。小間物屋の場所が決まりましたので、お伝えに」

多助が答えた。

美濃屋という小間物問屋で長く修業をしてきた多助は、その働きが認められて晴れてのれん分けをすることになった。のどか屋で働いていたおそめとのあいだには、多吉という子が生まれた。いくらかでも手がかからなくなってから、満《まん》を持《じ》してのれんを出すという段取りだ。

「そうですか。どこでしょう」

おけいがたずねた。

「浅草の諏訪《すわ》町です」

多助は歯切れよく答えた。

「駒形堂《こまんどう》の近くだね」

元締めがすぐさま言った。

江戸っ子は「こまがたどう」をそう略す。

「いいところじゃないか」

隠居も和した。

「ええ。わりかた人通りもあるので」

多助は笑みを浮かべた。

「お見世は居抜《いぬ》きで？」

おちよが問うた。

「いえ、せっかくなので、普請をさせていただきます。昨日からもう始まったところでして」

多助は明るい顔で答えた。

「そう、それは楽しみね」

おちよのほおに笑みが浮かんだ。

「ところで、多助さん」

千吉が声をかけた。

「何でしょう」

「あの、小間物問屋で、豪勢な家を建てたところに心当たりはないでしょうか。欄間や床の間だけでもびっくりするほど豪勢な家らしいんですが」

千吉は訊いた。

「さあ……」

多助は首をひねった。

「小間物というあきないはいたって利の薄いもので、お客さまとともに喜びながら品を積み重ねていくことでどうにか成り立っているようなものです。美濃屋もいたってつつましやかな構えですから」

腑に落ちない顔で言う。

「まだ薬種問屋のほうがもうかるっちゃ」

「そうそう。一つ当たれば大きいから」

座敷の薬売りたちが言う。

「たしかに、小間物問屋のお大尽《だいじん》ってのは聞かないねえ」

隠居が笑みを浮かべた。

「なるほど。よく分かりました」

千吉が引き締まった顔つきでうなずいた。

三

「臭《にお》うな」

一枚板の席で、安東満三郎が眉根を寄せた。

いくらか経った日、あんみつ隠密が幽霊同心とともにのどか屋ののれんをくぐってきた。ちょうど時吉の指南の日で、千吉がのどか屋番だった。

千吉はさっそく例の話を伝えた。千住宿の蕎麦屋で耳にした「豪勢な家に住む小間物問屋」の話だ。

「やつしでしょうかね」

万年同心が声をひそめた。

「そうかもしれねえ」

あんみつ隠密はそう答え、揚げたての鱚の天麩羅をどばっと味醂につけてから食した。

「どこの小間物問屋か訊かなかったのはしくじりでした」

千吉が言った。

「でも、大工さんは分かったんでしょう？」

　おようがかばうように言う。

「どこの大工だい」

　黒四組のかしらが身を乗り出した。

「そこまでは分からなかったんですが、半纏には亀甲に吉の屋号が染め抜かれてました」

　千吉は答えた。

「亀甲に吉、だな」

　と、あんみつ隠密。

「はい、間違いありません」

　千吉はうなずいた。

「なら、韋駄天につないで、一緒に調べてきましょう」

　万年同心が腰を上げた。

「頼むね、平ちゃん」

　千吉が気安く言った。

「江戸に大工衆はたくさんいるから、ちょいと骨かもしれねえがな」

万年同心はそう言って、鱚の天麩羅をさっと口に運んだ。

こちらはまっとうな天つゆだ。しかも、控えめにつけただけで、衣をむやみに重くしたりはしない。

「韋駄天さんがさーっと走ったら分かりますよ」

千吉が身ぶりをまじえて言った。

遊んでもらえると思ったのか、それを見て小太郎がひょいと前足を上げた。今日はいい日和《ひより》だから、ほかの猫たちは外の階段で気持ちよさそうに昼寝をしている。

「ひとまずは千住宿だな。千住の大工衆だったらすぐ分かるだろう」

あんみつ隠密が言った。

「ただの遊びで千住へ行っただけかもしれませんがね」

万年同心は慎重に言った。

「それなら、江戸じゅうを探すしかねえな」

安東満三郎はいくらか渋い顔になった。

ほどなく、餡の甘い香りが漂いはじめた。千吉が得意の餡巻きを焼きだしたのだ。

「江戸の町はほうぼうを廻ってるんで、どこかですれ違ってるかもしれませんが」

万年同心が腕組みをした。

「本所でも聞き込みをしてみます」

おようが言う。

「もし見つけたら、またかわら版に載るぜ、若おかみ」

黒四組のかしらがそう言ったから、のどか屋に和気が漂った。

餡巻きができた。

さっそくあんみつ隠密が食す。喜んで食べるわらべは多いが、酒の肴にするのはこの御仁くらいだ。

「うめえな。酒が進むぜ」

かしらがそう言って猪口の酒を呑み干したから、万年同心は例によってうへえという顔つきになった。

四

次に万年同心がのどか屋へやってきたのは、それから三日後のことだった。

「おう、分かったぜ」

のれんをくぐるなり、厨の時吉と千吉に向かって、万年同心は言った。

今日は親子がそろって厨に入る日だ。おかげで肴も凝ったものが出る。

「例の大工衆ですか？」

千吉が問うた。

「おう」

短く答えると、万年同心は一枚板の席に座った。

先客は力屋のあるじの信五郎だ。いくらか奥のほうへ座り直す。

「どこの大工衆です？」

今度は時吉がたずねた。

「本郷竹町《ほんごうたけちょう》の亀吉組《かめきちぐみ》だった。さすがは韋駄天だな。千住からの帰りに見《め》っけやがった」

万年平之助は笑みを浮かべた。

「ああ。それで亀甲に吉だったんだね、平ちゃん」

千吉が腑に落ちた顔で言った。

「そのとおり。普請でずいぶんと実入りがあったんで、千住宿へ繰り出しただけだったようだ」

万年同心が答えた。

ここで時吉が料理を出した。

涼やかなぎやまんの器に盛られているのは、冷やし鮑《あわび》だった。

下ごしらえをした鮑の身を切り、冷たい井戸水を張ったぎやまんの器に浮かべ、彩りに貝割れ菜を散らす。これを生姜酢につけて食せば、こたえられない夏の肴になる。

「こりこりしててうめえな。生姜酢の塩梅がまたいい」

万年同心が満足げに言った。

「うちでは出せない肴ですねえ」

信五郎がぎやまんの器をしげしげと見て言った。

「力屋さんで出したら、器が割れてしまいそう」

おちよが言う。

「荒っぽいお客さんが多いからね。丼だってときどきひびが入るんだから」

力屋のあるじがそう言って笑った。

「で、亀吉組の大工衆が言ってた小間物問屋は？」

千吉が話を本筋に戻した。

「おう。さっそく洗ってきたぜ」

万年同心は渋く笑った。

「そうすると、そろそろ捕り物ですか？」

おちよが問うた。

「町方につなぎ、日の本の用心棒にも声をかけてきた。あとは網を絞るだけだな」

黒四組の幽霊同心は手つきをまじえた。

「じゃあ、今度は千吉さんの手柄ね」

若おかみが笑みを浮かべる。

「さすがの勘ばたらきだったな」

時吉もせがれをほめた。

「いや、たまたまで」

千吉は謙遜して言った。

「捕り物が終わったら、かわら版屋に伝えておいてやらあ」

万年同心がそう言って、また鮑をこりっと噛んだ。

「ほんと？　平ちゃん」

千吉の瞳が輝く。

「若おかみに続いて二代目も手柄。これなら乗ってくるだろう」

万年同心は手ごたえありげに答えた。

五

筋違御門《すじかいごもん》に近い須田町《すだちょう》の一角に、その小間物問屋はあった。名を伊勢屋《いせや》という。江戸には掃いて捨てるほどある名だ。

間口はそれなりの構えで、「いかにも実直な小間物問屋でござい」という顔を取り繕っているが、存外に奥行きがあった。

分不相応な渡り廊下を通って離れに入ると、にわかに景色が変わる。贅《ぜい》を凝らした欄間は目を瞠るほどで、名工を長きにわたって泊まらせて彫らせたものだった。

床の間に置かれている茶壺も尋常なものではない。松の盆栽一つを見ても、並々ならぬ構えをしていた。

庭の奥には蔵がある。白壁が美しい蔵には、物々しいほど厳重な錠が取り付けられていた。

小間物問屋のあきないは、あくまでも面に過ぎなかった。あるじの伊勢屋安右衛門《やすえもん》は離れに戻ると面を脱ぐ。

「蒲焼きが来てますよ、おまえさん」

おかみが言った。

「おう。毎日うめえもんを食えてありがてえな」

安右衛門は渋く笑った。

「あと十年くらいはもつほどの小判が蔵にあるからね」

小間物問屋のおかみから情婦の顔に戻って言う。

「あと十年か。そんなに長く面をかぶってたら、身に根が生えちまうぜ」

伊勢屋のあるじはそう言うと、脂ののった鰻の蒲焼きを口に運んだ。

蒲焼きと寿司が大の好物だ。どちらも番付に載る名店から取り寄せている。

「なら、またやるのかい、押し込みを」

おかみが声をひそめた。

「ほとぼりが冷めたころにな」

あるじは蒲焼きを胃の腑に落としてから答えた。

伊勢屋安右衛門とは、世を忍ぶ仮の名だ。

その正体は、般若《はんにゃ》の仁吉《にきち》という盗賊だった。

背に恐ろしい般若の彫り物がある。ゆえにそう呼ばれていた。

「おまえさんは知恵者《ちえしゃ》だからね」

おかみが言った。

「同じ引き込み役でも、長くやらせたりするからな。問屋の信が大きければ大きいほど、押し込みの網も大きく打てる」

小間物問屋のあるじに身をやつした盗賊は得意げに言った。

「前の下り酒問屋の引き込み役は、信を置かれて番頭まで行ったんだからねえ」

おかみがそう言って酒をついだ。

「まさか番頭が盗賊の手下だとは思わなかっただろう。おかげで大店《おおだな》を根こそぎやっちまって、いい稼ぎになったぜ」

般若の仁吉は満足げに盃の酒を呑み干した。

しかし……。

次の刹那《せつな》、盗賊の表情が変わった。

「かしらっ」

急を告げる声が響きわたったのだ。

声の主は、伊勢屋の番頭に扮《ふん》している手下だった。

「どうした」

般若の仁吉はやにわに立ち上がった。

六

捕り方はいっせいになだれこんできた。

「御用《ごよう》だ」

「御用」

町方の精鋭が刺股《さすまた》と十手をかざす。

「しゃらくせえ」

般若の仁吉は奥へ走り、長脇差《ながどす》をつかんですぐさま抜いた。

実直な小間物問屋に身をやつしているのが裏目に出た。手下は江戸のあちこちに分け住まわせている。棒手振りなど、それぞれのなりわいに身をやつさせ、いざというときに集めて押し込みを働くという算段だ。

「かしらっ」

手下が悲痛な声をあげた。

町方ばかりではない。火付盗賊改方も捕り方に加わっている。黒四組の安東満三郎が整えた陣立てだ。

手下も情婦も、ひとたまりもなく捕縛された。

「覚悟せよ」

無精髭を生やした偉丈夫がぬっと前へ進み出た。

日の本の用心棒、室口源左衛門だ。

「食らえっ」

般若の仁吉は捨て身の剣を振るってきた。

振り幅だけが無駄に大きい剣だ。

源左衛門は瞬時に剣筋《けんすじ》を見切った。

「ぬんっ」

一撃で払いのける。

返す刀で峰打ちにした。

「ぐわっ」

額を打たれた盗賊がのけぞる。

「御用だ」

「御用」

捕り方がたちまち群がった。

伊勢屋安右衛門と名乗っていた盗賊、般若の仁吉はたちどころに捕縛された。

最後に、捕り物のあいだは火の粉がかからないところで様子を見ていた男が前へ進み出た。

黒四組のかしら、安東満三郎だった。

「これにて、一件落着!」

あんみつ隠密は高らかに告げた。

七

「働きだったな」

安東満三郎がそう言って、室口源左衛門に酒をついだ。

「なに、わしの見せ場はあれだけで」

日の本の用心棒が髭面をほころばせた。

今日は黒四組の捕り物の打ち上げだ。万年同心も韋駄天侍もいる。

「千坊のほうがよほど目立ってるからな」

万年同心が厨のほうを見た。

「へへへ」

料理の手を止めて、千吉が笑った。

時吉は長吉屋で指南の日だが、千吉だけで凝った料理もつくっている。

万年同心の息がかかったかわら版屋は、さっそく捕り物を採り上げてくれた。その刷り物が座敷にも一枚板の席にもあった。

「これでまたお客さんが増えるでしょう」

一枚板の席でかわら版に目を通していた大松屋のあるじの升太郎が言った。

「さすがは十手持ちだ」

その横で、元締めの信兵衛が和した。

「たまたまですから」

そう言いながらも、千吉はまんざらでもなさそうな顔つきをしていた。

かわら版には、こう記されていた。

　横山町のはたごつき小料理のどか屋といへば、川びらきの晩、若おかみが大川に飛びこみ、人だすけで大いに名をあげたり。

このたびは、その若おかみのつれあひとなる二代目千吉が手柄なり。さるところにて、大工衆がうはさをしてをり。ある小間物問屋の普請がむやみに豪勢であつた由《よし》。

小間物問屋にさやうなぜいたくができるとは、なかなかにいぶかしきことなり。さう思案せし千吉が町方に知らせ、網をしぼりしところ、こはいかに、小間物問屋とは世をしのぶ仮のすがたにて、あるじは名うての盗賊なりき。

かくして正体を見破られし盗賊は、あへなく御用となりき。

ほむべし、千吉。

若おかみに続く、あつぱれの手柄なり。

「わしの働きなど、影もかたちもないのう」

室口源左衛門はそう言って、鯛の酒蒸しを口に運んだ。

酒蒸しにした鯛に斜め細切りの葱と針生姜をのせ、たれのほかに熱した胡麻油を回しかけて仕上げる。こうすれば、ことのほか風味が増す。

「そりゃ、うちは影御用だからな」

あんみつ隠密も箸を伸ばした。

ただし、こちらは胡麻油ではなく、砂糖醤油と味醂がかかっている。

「お役目、ご苦労さまで」

升太郎が頭を下げた。

このところ、黒四組も折にふれて大松屋の内湯を使っている。それもあって、升太郎にも黒四組の正体を告げてあった。

「なにぶん日の本じゅうが縄張りだから、楽をできるとこがねえや」

捕り物のときは何もしていなかった男が言った。

「亀吉組のところには、明日にでも行ってきます。盗賊のねぐらの普請をして銭を稼いだのは後生《ごしょう》が悪いって言ってましたから」

脚自慢の井達天之助が言った。

「そりゃ仕方ねえや。大工衆だって手柄のうちじゃねえか。……うん、甘え」

砂糖醤油たっぷりの鯛の身を胃の腑に落としてから、あんみつ隠密は言った。

「分かりやすい半纏を着てくれていたので、糸をうまくたぐれました」

千吉が笑みを浮かべた。

「明日、若おかみが来たら、一枚分けてやんな」

万年同心が刷り物をかざした。

ちょうど入れ違いで、おようは本所へ帰ったあとだった。

「承知で。……はい、上がりました。玉豆炒《たまとう》めです」

千吉が一枚板の席に皿を差し出した。

「お座敷にはいまお運びしますので」

おちよが声をかけた。

「聞きなれない料理だね」

升太郎が首をかしげた。

「玉子と豆腐の炒め物だから、玉豆炒めかい？」

元締めがたずねた。

「そのとおりです。水気を切った豆腐と塩で下味をつけた玉子を胡麻油でわっと炒めて、醬油と塩で味つけしてます」

千吉が歯切れよく答えた。

「仕上げに炒り胡麻も振ってありますので。……はい、お待ちで」

おちよが座敷に運んでいった。

玉豆炒めの評判は上々だった。

「玉子と豆腐が力を合わせてうまくやってるな。まるでのどか屋みたいじゃないか」

万年同心が笑みを浮かべた。

「醤油と胡麻油の風味がいいのう」

室口源左衛門も満足げに言う。

「安東さまの分はいまつくってますので」

千吉が手を動かしながら言った。

「塩の代わりに砂糖だぜ」

あんみつ隠密が念を押すように言う。

「承知で」

千吉はいい声で答えた。

第九章　秋の恵み

一

季《とき》はだんだんに秋らしくなってきた。
秋にはうまいものが増える。のどか屋の中食の膳にも秋の恵みが並んだ。

けふの中食
秋のきのこさんま膳
きのこめし　さんま塩やき
みそ汁　小ばち
三十食かぎり

そんな貼り紙が出た。

「おっ、茸飯《きのこめし》か」

「炊き込みご飯だな。ありゃ、うめえんだ」

「のどか屋の秋刀魚《さんま》はいいのを仕入れてるからな」

なじみの左官衆がさっそくのれんをくぐってくれた。

秋の恵みの茸は、三種を使うと格段にうまくなる。今日は占地《しめじ》と椎茸《しいたけ》と平茸《ひらたけ》だ。これに名脇役の油揚げが加わる。

尾がぴんと張った秋刀魚の塩焼きには、たっぷりの大根おろしを添える。これに、茄子《なす》と豆腐の味噌汁と青菜のお浸しと香の物がつく。いつもながらのまっすぐな膳だ。

「お膳、あと四人さまで」

厨から千吉が声をかけた。

時吉は長吉屋で指南役だ。おちよも厨に入り、おようとおけいが運ぶ。猫の手も借りたいほどの忙しさだ。

「はい、承知で」

おようがてきぱきと動き、表の様子を見に行った。

「おっ、まだあるかい」

「二人分だ」

常連の職人が指を二本立てた。

「はい、間に合いました。……あ、こちらさままでで」

身ぶりをまじえて告げると、おようは「中食うりきれました」の立札を出した。

「危ないところだったな」

近くの道場で剣術指南をしている武家が苦笑いを浮かべた。

そんな按配で、今日の中食も滞りなく売り切れた。

二

短い中休みが終わると、若おかみのおようと古参のおけいは呼び込みに出ることになった。

「今日は部屋がみな空いてるから、お願いね」

千吉がおように言った。

「うん。料理自慢の宿だって言ってくるから」

　おようが笑顔で答える。

　今日のつまみかんざしは大輪の黄菊だ。遠目でも華やかに見える。

「朝の豆腐飯だけでいいよ」

　千吉は苦笑いを浮かべた。

　中食が合戦場のような忙しさだったから、さしもの二代目もいくらかあごが出ていた。

「そんな弱気じゃ駄目よ」

　おちよがたしなめた。

　そのとき、表で足音が響いた。

「あっ、升ちゃん」

　千吉が声をあげた。

　のどか屋に入ってきたのは、大松屋の跡取り息子の升造と、このところはほとんど大松屋番のおうのだった。

「呼び込みに行くなら一緒にと思って」

　升造が言った。

「なら、おうのちゃんと一緒に」

おようが乗り気で言った。

「張り合いながらやったら、お客さんが来るだろうから」

千吉の幼なじみの升造が言う。

「そうね。内湯と料理、それぞれ売り物が違うので」

おちよが笑みを浮かべた。

「じゃあ、張り合いながらやってきます」

おようが明るく言った。

「気張ってね」

千吉が笑顔で送り出した。

のどか屋のおようとおけい、大松屋の升造とおうの。四人は繁華な両国橋の西詰へ向かった。

呼び込みの場所へ至るまで、升造とおうのはずっと話をしていた。

おうのの父は植木職人で、二人の兄も父の組で修業している。立派な武家屋敷にも出入りしているけれど、出入り先の話は一切しないことになっているそうだ。

「なら、おうのちゃんもゆくゆくは植木職人さんに嫁ぐのかしら」

おけいが何気なく訊いた。

「さあ、どうでしょう、うふふ」

おうのは妙な含み笑いをして升造の顔を見た。

三

「お泊まりは、内湯がついた大松屋へ」

升造が声を張り上げた。

「内湯に浸かれば、のんびりゆったり」

おうのがどこか唄うように言う。

「お料理だったら、のどか屋へ」

おようが負けじと呼び込みを始めた。

「朝は名物豆腐飯」

おけいが和す。

「内湯に浸かってから料理でもいいですよ」

と、升造。

「大松屋とのどか屋を掛け持ちで」

打ち合わせてきたのか、おうのが調子よく言った。

二組が競うように呼び込みをした甲斐《かい》あって、客は次々に見つかった。

「取手《とりで》を朝早くに出て来たんで、腹が減ってるんだ」

「すぐ何か食えるかい？」

二人の男が訊いた。

「ご飯は新たに炊きましたので、茸のかき揚げ天丼あたりでいかがでしょうか」

あらかじめ千吉と打ち合わせてきたおようが水を向けた。

「ほかにもいろいろできますので」

おけいが言い添える。

「そうかい。なら、そこにしよう」

「ここから遠いのかい」

取手から来た客が問うた。

「いえ、すぐ近くです」

おようは笑みを浮かべた。

「では、ご案内します」

おけいが身ぶりをまじえる。

「うちも負けないように」

おうのが升造に言った。

「よし」

大松屋の跡取り息子は帯をぽんとたたいてから声を発した。

「お泊まりは、内湯がついた大松屋へ」

「ほっこりのんびり、いいお風呂」

おうのが続く。

ほどなく、大松屋の泊まり客も見つかった。

四

それから幾日か経った日――。

厨には時吉と千吉が入っていた。

一枚板の席には、元締めの信兵衛と春田東明が陣取っていた。東明は千吉のかつての恩師だ。漢籍《かんせき》から洋学まで幅広い知識を誇っており、寺子屋のほかに洋書の輪読会《りんどくかい》なども行っている。

さきほどまで座敷で大工衆がにぎやかに呑んでいたが、おちよとおけいが片づけを終え、いまは静かだ。おようはすでに本所に戻っている。

「来年からは、いよいよ押しも押されもせぬ二代目ですね、千吉さん」

総髪の学者が笑みを浮かべた。

「正月には若おかみと祝言だしね」

元締めも言う。

「まだまだ腕が甘いですから」

厨で手を動かしながら、千吉が言った。

「来年からは、そんな言い訳はできないぞ」

時吉が言う。

「はい」

二代目は殊勝《しゅしょう》にうなずいた。

ここで料理ができた。

「はい、お待ちで」

千吉が出したのは秋刀魚の焼き浸しだった。

筒切りにした秋刀魚のわたを抜き、天火《てんぴ》（当時のオーブン）でほどよく焼いてから骨を抜く。これを器に盛り、茹でたほうれん草を添えてだしを張る。仕上げに削り節を添えれば出来上がりだ。

「秋刀魚は塩焼きもいいけれど、こういう手間をかけた料理もいいですね」

学者が満足げに言った。

「ありがたく存じます」

千吉が一礼する。

ほどなく、時吉も負けじとばかりに肴を出した。

射込《いこ》み茄子だ。

茄子に鶏のささ身をはさみ、楊枝《ようじ》で止めてからこんがりと揚げ、だしを張っておろし生姜を添える。こちらも凝ったひと品だ。

「二幕目はこういう品をいただけるのでいいですね」

背筋の伸びた学者がまた笑みを浮かべた。

「中食の膳では、凝った料理は手が回りませんので」

時吉がそう答えたとき、のれんがふっと開いた。

のどか屋に姿を現したのは、長吉屋のあるじだった。

五

「今度はちゃんとやっててほっとしたぜ」

長吉はそう言うと、春田東明からつがれた猪口の酒をくいと呑み干した。

折にふれて弟子の見世を廻っているところだが、初めに足を運んだ竹林という見世はなくなってしまっていた。出鼻をくじかれたが、今日足を運んだ深川の見世は繁盛していたらしい。

「よかったわねえ、おとっつぁん」

おちよが声をかける。

「おう。弟子も取っててちゃんと育ててやがった」

長吉はご機嫌の様子だ。

「千吉さんもそうですが、教え子が成長した姿を見るのがいちばんの喜びです」

東明が目を細める。

「昨日は寺子屋仲間が来てくれました」

千吉は嬉しそうに伝えた。

「そりゃよかったな」

孫に甘い長吉の目尻にいくつもしわが浮かんだ。

「はい、天麩羅揚がります」

千吉が歯切れよく言って、しゃっと油を切った。

ほどなく、茸の天麩羅が供された。

「松茸に椎茸に舞茸か。箸が迷うね」

元締めが笑みを浮かべる。

「だんだんにいい茸が入るようになりました」

時吉が白い歯を見せた。

「舞茸の天麩羅は、塩胡椒がいい塩梅ですね」

学者がうなずく。

「椎茸も衣がぼてっとしてなくてちょうどいいや」

長吉も満足げに言った。

「この揚げ物ができるなら、とりあえず任せても大丈夫かと」

時吉が跡取り息子のほうを見た。

「やるしかないんで」

千吉は引き締まった表情で言った。

「若おかみも大おかみもおけいさんもいるんだから、どうにかなるよ」

元締めが温顔で言った。

「気張ってやります」

二代目が気の入った声で答えた。

そのとき、また人が入ってきた。

まず顔を見せたのは、大松屋のあるじの升太郎だった。

「あら、おそろいで」

おちよが声をかけた。

升太郎のうしろには、跡取りの升造と、大松屋を手伝っているおうのが並んで立っていた。

「ひょっとして、例の話かい？」

何か聞いていたらしい元締めがたずねた。

「ええ。お願いがてら、と思いましてね」

大松屋のあるじが笑みを浮かべた。

「何かあるの？　升ちゃん」

千吉がややいぶかしげに問うた。

「答えていい？」

升造が父に訊く。

「ああ、いいぞ」

升太郎が答えた。

「じゃあ、言うよ」

大松屋の跡取り息子は、のどの具合を調え、だいぶ気を持たせてから答えた。

「ここにいるおうのちゃんと祝言を挙げることになったんだよ、千ちゃん」

幼なじみはそう告げた。

六

「えええーっ」

千吉は大仰《おおぎょう》にのけぞって驚いた。

「本当？」

おちよも目をまるくする。

「まあ、びっくり」

帰り支度を整えたおけいの顔にも驚きの色が浮かぶ。

「元締めは聞いていたんですか？」

時吉が問うた。

「まあね」

信兵衛が笑みを浮かべる。

「めでてえじゃねえか。これで大松屋は安泰だ」

長吉が破顔一笑《はがんいっしょう》する。

「ありがたく存じます」

升太郎が腰を低くして答えた。

「幼なじみに先を越されてしまったね、千吉さん」

東明が笑った。

「ま、まさか、升ちゃんが先に……」

千吉はいくぶん赤くなった顔で言った。

「千ちゃんが先に若おかみといい仲になったから、こりゃ負けちゃいられないなと思ってたところへおうのちゃんが来てくれたので、あとはまあ勢いだね」

升造は得意げに言った。

「そりゃあ、ずいぶんな勢いだったわね」

と、おちよ。

「たしかに、呼び込みのときに仲が良さそうにしてたけど」

一緒にいくたびも両国橋の西詰へ行っているおけいが言った。

「というわけで」

升太郎が両手を一つ打ち合わせた。

「お願いというのは、ほかでもありません。せがれの祝言の宴をのどか屋さんでお願いしたいと存じまして」

大松屋のあるじが用向きを告げた。

「それはもう喜んで」

時吉が二つ返事で答えた。

「日取りが決まれば、貸し切りにいたしますので」

おちよも弾んだ声で言った。

「どうかよろしゅうに」

升造が言った。

「よろしゅうお願いいたします」

おうのも少し顔を赤らめて頭を下げた。

「腕によりをかけてつくるからね、升ちゃん」

やっと落ち着きを取り戻して、千吉が言った。

「頼むね、千ちゃん」

竹馬の友が笑みを返した。

七

「あっ、おようちゃん、大変だよ」

翌日、若おかみが顔を見せるなり、千吉が声をかけた。

「何かあったの？」

おようが訊いた。

「大松屋の升ちゃんとおうのちゃんと、よく呼び込みに行ってるよね」

千吉は間《ま》を持たせた答え方をした。

「うん」

　おようがうなずく。

　今日のつまみかんざしは小ぶりの蜻蛉《とんぼ》だ。近づくと蜻蛉だと分かるくらいの大きさのほうが品がいい。

「その二人が……」

　千吉はひと呼吸おいてから続けた。

「祝言を挙げることになったんだよ」

　それを聞いて、おようは続けざまに瞬きをした。

「分かる？　先を越されちゃったんだ」

　千吉は笑みを浮かべた。

「あの二人が夫婦に？」

　おようの顔には驚きの色が浮かんでいた。

「そう。わたしも聞いてびっくりした」

　と、千吉。

「うちで貸し切りの宴をやるのよ。まだ日取りは決まってないけど」

　おちよが言った。

「そうですか。仲はいいなと思ってたんですけど」

やっと落ち着いた様子でおようが答えた。

その日の中食は、松茸ご飯と鯖《さば》の味噌煮だった。これに葱と油揚げの味噌汁と三度豆《さんどまめ》がつく。

ふんだんに松茸を使った飯と、ていねいに下ごしらえをして臭みと脂《あぶら》を抜いた鯖の味噌煮。どちらも好評だった。

鯖の身の小骨を抜き、さっと茹でて霜降りにして冷たい井戸水に浸す。このひと手間であくと生臭さが落ちる。

味噌は白味噌を使う。汗をかく客のために塩気の多い料理を出す力屋ではこってりとした赤味噌だが、のどか屋では白味噌だ。

ここでもひと手間をかける。味噌を裏ごしして粒をつぶしてやるのだ。こうすれば口あたりがずいぶんとまろやかになる。

仕上げでも小技を使う。

まずは生姜だ。初めから入れると苦みが出るので、終《しま》いごろに入れるのが勘どころだ。

最後に、酢をひとふりする。これで鯖の脂っぽさが消え、うま味だけが残る。

「よそと違うぜ、この味噌煮は」

「松茸もたんと入《へえ》ってるしよ」

「上にのってる白髪葱《しらがねぎ》と七味唐辛子もいいつとめをしてるじゃねえか」

なじみの大工衆が満足げに言った。

そんな調子で、のどか屋の中食の膳は今日も滞りなく売り切れた。

八

「久々に二人で呼び込みに行ってきたらどうだ？」

時吉が千吉に水を向けた。

今日はずっとのどか屋番だ。若おかみもいる。

「なら、升ちゃんたちと一緒に行くかな」

千吉は乗り気で言った。

「日取りが決まったかどうか訊いてきて」

おちよが笑みを浮かべた。

「承知で」

千吉が右手を挙げた。

「わたしはお邪魔かもしれないから、行くのをよそうかな」

おけいが言った。

「だったら、干物干しがあるよ」

時吉が厨から言う。

「なら、一緒に干しましょう。いつもこの子らが邪魔をするから」

おちよは土間で猫相撲を取っている小太郎としょうとふくを指さした。

「分かりました。……これ、けんかしちゃ駄目よ」

おけいは猫たちに声をかけた。

ほどなく、支度が整った。

「もう半裃《はんがみしも》は入らないから、口上《こうじょう》だけで」

千吉が言った。

「気張っていきましょう」

おようが両手を軽く打ち合わせた。

「お願いね」

おちよが送り出す。

のどか屋を出ると、向こうから大松屋の二人が歩いてくるのが見えた。

「升ちゃーん」

千吉が手を振る。

「今日は千ちゃんも呼び込み？」

升造が大きな声で問う。

「うん。張り合ってお客さんを探そうよ」

千吉は答えた。

「おめでとう、おうのちゃん」

おようが声をかけた。

「わたしが教えたんだ」

千吉が言う。

ほどなく、おうのの笑顔がくっきりと見えた。

第十章　若おかみの巻

一

「正玄さんから文が来たよ」

良庵の療治を待つあいだ、一枚板の席で隠居の季川が言った。

「さようですか。こちらに見えられるので？」

時吉が料理をつくる手を止めてたずねた。

「月の終わりの巳の日に見えられるそうだ。昼過ぎになるそうだから、その日は早めに来るよ」

隠居は答えた。

「それなら、うちの宴の後ですな」

隣に座った大松屋のあるじの升太郎が言った。

升造とおうのの祝言の宴は、今月の十五日と決まった。

「ぜひとも久々に句会を、と書いてあったよ」

隠居が温顔で言った。

「なら、わたしも？」

おちよがおのれの胸を指さした。

「そりゃ、おちよさんには入ってもらわないと」

俳諧の師匠の季川がすぐさま答えた。

「あとはどうされます？」

升太郎がたずねた。

「そうだねえ……」

隠居は少し思案してから厨を見た。

「跡取りさん、入るかい？」

千吉に水を向ける。

「えっ、わたしですか？」

千吉は驚いたように言った。

「おちよさんの血を引いてるんだから、慣れれば大丈夫だよ」

隠居は軽く言った。

「何だったら、おようちゃんと一緒に組になってやったら？」

おちよが知恵を出した。

「二人で一人ってこと？」

千吉が訊く。

「そう。所詮《しょせん》は遊びなんだから、相談しながらやったらいいわ」

おちよは答えた。

「なら、決まったね」

隠居が笑みを浮かべた。

ここで肴が出た。

鮑《あわび》の蕎麦だれ煮だ。蕎麦だれは、だし三、醤油一、味醂一の割りでつくる。これを煮立てて、塩もみをしたそぎ切りの鮑を煮る。あまり火を通し過ぎないのが骨法《こつぽう》だ。冷めるまで置けば、ちょうど味がしみていい塩梅になる。

「こりゃあ、来た甲斐がありましたね」

大松屋のあるじが相好を崩した。

今日は婚礼の宴の打ち合わせを兼ねてのどか屋に来た。宴に来る頭数《あたまかず》がおおむね決まったから、あとは腕によりをかけて料理をつくるばかりだ。

腰を痛めてから内湯をいくたびも使っている縁もあって、隠居も招かれることになった。やはりとどめの発句《ほっく》がなければ宴が締まらない。

「うん、さすがは時さんという味だね」

隠居の白い眉がやんわりと下がった。

「ありがたく存じます。では、せがれも負けじと……」

時吉は千吉のほうを手で示した。

「茸の山かけでございます」

千吉は椀を下から出した。

椎茸と占地と舞茸。三種の茸を濃いめのだしと醤油と味醂で煮て盛り付け、とろろ芋をかけて青海苔で彩りを加える。見てよし、食べてよしの小粋なひと品だ。

「おいしいねえ、二代目」

大松屋のあるじが笑顔で言った。

「ありがたく存じます」

千吉は嬉しそうに頭を下げた。

「茸は秋の山、とろろは冬の雪。季《とき》の移ろいをひと椀に盛りこんだような料理だねえ」

季川が俳諧師らしい見立てを示したとき、泊まり客の療治を終えた良庵が女房のおかねとともに下りてきた。

「お待たせいたしました」

按摩が言った。

「これをいただいたら、療治をお願いするよ」

隠居はそう言うと、茸の山かけを口に運んだ。

二

宴の日が来た。

のどか屋の前には、こんな貼り紙が出た。

本日かしきりの為

中食はおやすみさせていただきます

のどか屋

草《ぞう》の婚礼ゆえむやみに格式ばったものは出さないが、若い二人の門出を祝う宴の料理だ。朝早くから、のどか屋の面々は仕込みに余念がなかった。

「いい鯛が入ってよかったわねえ」

細工包丁の手を動かしながら、おちよが言った。

「婚礼の宴の顔といえば、何と言っても鯛だからな」

厨から時吉が答える。

「それにしても、おかみさん、器用ですね」

手伝いに入っているおようが目を瞠った。

おちよは大根を使って器用に鶴をつくっていた。

「こういう細工仕事は得手だから」

おちよが笑みを浮かべた。

鶴や亀などを巧みにかたどるむきものは、おちよが得意とするところだ。

「味つけさえなけりゃ、と師匠によく言われてるから」

時吉が笑う。

「そうなの。味つけが大ざっぱなので」

おちよは苦笑いを浮かべた。

「千吉さんもむずかしそうなものをつくってるわね」

おようが言った。

「うん。こっちは細工寿司」

ねじり鉢巻き姿の千吉が答えた。

時吉の弟子の吉太郎《きちたろう》と、湯屋のあるじの娘のおとせが切り盛りしている岩本町の「小菊」は細工寿司の名店として長くのれんを守っている。千吉はその吉太郎の薫陶《くんとう》を受け、目を瞠るような技を受け継いでいた。

「まあ、見てのお楽しみで」

おちよが笑みを浮かべた。

ほどなく、大松屋のあるじが様子を見にやってきた。

「このたびは、お世話になります」

升太郎はあらたまった口調で言った。

「気を入れてつくらせていただいておりますので」

時吉が白い歯を見せた。

「升ちゃんたちはどうしてます？」

手を動かしながら、千吉がたずねた。

「着替えはまだだけど、おうのちゃんの身内が到着したので、いま内湯に浸かってもらってるところだよ」

升太郎は答えた。

おうのの両親と二人の兄は、今日は大松屋に泊まることになっている。

「あんまりお酒が過ぎると、湯は剣呑《けんのん》ですからね」

と、おちよ。

「そうそう。それで先に入ってもらったんです」

大松屋のあるじは笑みを浮かべた。

「では、気張っておつくりしますので」

時吉が引き締まった表情で言った。

「お待ちしております」

おちよも言う。

「どうかよしなに」

升太郎は一礼して帰っていった。

三

婚礼の行列が始まった。

と言っても、大松屋からのどか屋は目と鼻の先だ。

「せっかくだから、ゆっくり歩こう」

紋付き袴に威儀《いぎ》を正した升造がおうのに言った。

「はい」

おうのが短く答えた。

こちらは白無垢《しろむく》に綿帽子《わたぼうし》だ。両親が介添人《かいぞえにん》として付き従っている。

若い花嫁と花婿は人目を引く。たちまち通りを行く者から声がかかった。

「おっ、祝言かい」

「晴れて何よりだったな」

道具箱を背負った大工衆が言った。

「ありがたく存じます」

升造は満面の笑みだ。

「こけないように歩けよ」

「おまえも嫁入りか」

「早《はえ》えもんだな」

おうのの二人の兄が感慨深げに言った。

早くものどか屋が近づいてきた。

表の酒樽の上に置かれた箱の中で、二代目のどかが気持ちよさそうに寝ていた。

「千ちゃーん、来たよ」

升造が大声で言った。

「見えたわよ、千吉」

のどか屋のおかみの声が中から響いてきた。

ほどなく、二代目があわてて手を拭きながら出てきた。

「わあ、いらっしゃい」

二人の姿を見て、千吉が弾んだ声をかげた。

おちよとおようも出てきた。

「お待ちしておりました」

おちよが笑顔で言った。

「支度は整っております。どうぞ中へ」

若おかみが小気味いい身ぶりをまじえた。

四

座敷も一枚板の席も埋まった。

新郎の升造と新婦のおうのの前には、白木の三方《さんぼう》が据えられている。載っているのは固めの盃のための酒器だ。

さらに、優雅な足のついた黒塗りの膳には、あでやかな紅白の紐飾《ひもかざ》りが施された鯛の浜《はま》焼《や》きが置かれていた。おちよが気を入れてつくっていたむきものの鶴もここに添えられている。

大松屋のあるじとおかみ、それに、おうのの両親と二人の兄も座敷組だ。

元締めの信兵衛と隠居の季川はいつもの一枚板の席に陣取っている。今日は同じ旅籠仲間の巴屋と善屋のあるじも顔を見せていた。こちらも四人で満席だ。

土間には花《はな》茣《ご》蓙《ざ》が敷かれていた。紅鶴《べにづる》が浮かぶ祝いごと用の美しい茣蓙だ。ここには升造とおようの朋輩《ほうばい》が座っている。のどか屋はたちまち一杯になった。

「では、まずは元締めさんから」

時吉が信兵衛のほうを手で示した。

「なら、僭越《せんえつ》ながら」

信兵衛は立ち上がり、一枚板の席から座敷のほうへ向かった。

固めの盃の酒を新郎新婦につぐ。

升造とおうのは神妙な面持《おもも》ちで盃の酒を呑み干した。

「これで晴れて夫婦になりました。おめでたく存じます」

元締めは笑顔で言った。

「ありがたく存じます」

升造がやや硬い顔つきで一礼した。

おうのも頭を下げる。

「では、お料理をどんどん運びますので」

おちよが明るい声で告げると、張りつめていた気がふっとほぐれた。

待ちかねていたかのように、千吉とおようが大皿を運んだ。

「刺身の盛り合わせでございます」

若おかみが笑みを浮かべた。

「次は千ちゃんの番だね」

升造が言う。

「年が明けたらね。料理はどんどん出すから」

千吉は大皿を軽く指さした。

鯛の活けづくりに加えて、鰆の糸づくりも見栄《みば》えよく盛り付けられている。鰆は喜寿とも書く縁起物だ。

伊勢海老の焼き物に紅白の蒲鉾に栗きんとんに慈姑《くわい》の煮物。色とりどりの料理をあしらった膳が運ばれていく。

酒が回るにつれて、ほうぼうで話が弾みだした。

「どうか娘をよしなに」

おうのの父が大松屋のあるじに酒をつぐ。

「こちらこそ、よしなに。このたびはありがたいことで」

升太郎が酒をつぎ返した。

「それにしても、おまえが旅籠の若おかみになるとはな」

「夢にも思ってなかった」

二人の兄が言う。

「お仲間に伝えてね。お泊まりは大松屋へって」

おうのがすっかり若おかみの顔で言ったから、座敷に和気が満ちた。

「はい、秋のちらし寿司をお持ちしました」

今度はのどか屋の若おかみが樽を運んできた。

「茸に栗に海老に錦糸《きんし》玉子。紅葉に見立てたちらし寿司でございます」

千吉が唄うように言う。

「こりゃ豪勢だね」

植木職人のおうのの父が笑みを浮かべた。

「ほんに、お若いのにしっかりしていて」

おうのの母が和した。

「千ちゃんとはちっちゃいころから一緒に遊んでたんです」

升造が言った。

「それが、どちらも嫁取りとは早いもんだね」

升太郎がしみじみと言った。

莫蓙には千吉と升造の朋輩がいた。酒はまだだから、茶を呑みながら料理をつついている。

「この伊勢海老はわたしが仕上げたんだよ」

千吉が自慢げに言う。

「うまいよ、千ちゃん」

「腕が上がったなあ」

「そりゃ、来年からここの花板だから」

朋輩が口々に言った。

おうの友たちはそれぞれに猫をつかまえて遊んでいた。

「わあ、この子ふさふさ」

小太郎を抱っこした娘が言う。

「こっちの子は真っ黒ね」

しょうをあやしながら、べつの娘が言う。

そんな調子で、にぎやかな声が響いた。

「どこも跡取りさんができて何よりだね」

隠居の白い眉がやんわりと下がった。

「うちも朝の豆腐飯が大の好評で」

善屋のあるじの善蔵《ぜんぞう》が言った。

のどか屋仕込みの豆腐飯は、跡取りの善太郎《ぜんたろう》もつくっている。

「こちらはすぐ裏手に良庵さんが越してくださったので、お客さまがとても喜んでおられますよ」

巴屋のあるじの松三郎《まつさぶろう》が言った。

「大松屋さんには江戸でも指折りの内湯があるから、それぞれに売り物が違う。旅籠の元締めとしてはありがたいかぎりだね」

信兵衛が顔をほころばせた。

ここで細工寿司ができた。

千吉が腕によりをかけてつくった寿司だ。

「あんまり似てないかもしれないけど」

そう言いながら二代目が運んでいった寿司は、新郎新婦の顔が表されていた。細巻きをいくつも組み合わせてつくった手のこんだ料理だ。

「わあ、顔に見える」

おうのが思わず声をあげた。

「すごいな、千ちゃん」

升造の顔もほころんだ。

「まだまだ出すからね」

千吉は張りのある声で告げた。

うま煮ができた。

面取《めんと》りをした八《や》つ頭《がしら》に末広のかたちの人参に花蓮。細かいところにも祝いのかたちを加えてある。

さらに、松茸と三つ葉の風味豊かな吸い物が出た。宴はたけなわとなった。

「では、そろそろ段取りを」

時吉が小声で元締めに告げた。

「承知で」

吸い物の椀を置いて、信兵衛が立ち上がった。

「えー、宴もたけなわでございますが、ここいらで大松屋さんからひと言」

座敷の升太郎を手で示した。

にぎやかだった見世の中がだんだんに静まった。

「本日はせがれの祝言の宴にお集まりいただきまして、まことにありがたく存じました。ついこのあいだ……」

そこで感極まったのか、升太郎は急に黙りこんだ。

「おまえさん」

おかみが小さな声を送る。

大松屋のあるじがいくたびかうんうんとうなずいた。

升太郎が何を思い出したのかは分からないが、思いは伝わってきた。

おちよが思わず目元に指をやる。

「いや、それはともかく……」

升太郎はのどの調子を整えてから続けた。

「この先も、若い二人をどうかよしなにお願いいたします」

大松屋のあるじはどうにかそうまとめて深々と一礼した。

升造とおうのも頭を下げる。

「では、締めに、最年長の大橋季川先生に発句を賜りたいと存じます」

時吉がさらに段取りを進めた。

「はは、先生かい」

隠居が笑って立とうとした。

「いや、師匠、そのままで」

腰の療治を続けている季川を、おちよがあわてて制した。

「なら、代わりに読みあげてくれるかい。あいにく、新婦の名までは織りこめなかったんだがね」

季川はやや残念そうに言った。

「承知しました」

おちよが隠居から短冊を受け取った。

「では、僭越ながら、代わりに読ませていただきます」

おちよはよく通る声で祝いの発句を読みあげた。

こんな句だった。

大き松
ますます栄《は》える
良夜《りょうや》かな

大松屋の屋号と、升太郎と升造の名を織りこんだおめでたい発句だ。

「ありがたく存じます」

升太郎がまた一礼した。

「いや、不出来で相済まないことで」

隠居が謙遜して言った。

「それでは最後に、升造さんからひと言」

時吉は新郎を手で示した。

「えっ、しゃべるの？」

升造は驚いたように言った。

「ひと言だけね」

おちよが笑みを浮かべた。

「升ちゃん、しっかり」

千吉が声を送った。

「なら……」

升造はひと息入れてから大きな声で続けた。

「おうのちゃんと一緒に気張ってやりますんで、どうかよしなに」

大松屋の跡取り息子はそう言って頭を下げた。

「気張ってね」

「泊まりに行くから」

朋輩たちが笑顔で言う。

千吉とおようも、満面の笑みで見守っていた。

五

祝言を挙げたあとも、大松屋の二人は仲良く両国橋の西詰へ呼び込みに出かけていた。

のどか屋からはおようとおけいが呼び込みに出たが、いくらか旗色が悪いようだった。

「二人とも気が入ってるから、先に取られてしまって」

やっと一組見つけて案内を終えたおようが言った。

「仕方ないよ。升ちゃんたちのほうに風が吹いてるから」

厨から千吉が言った。

今日は時吉が指南役だから、千吉が花板だ。

「しばらくご無沙汰していたあいだに、ずいぶんと変わったものだね」

一枚板の席の客が言った。

医者の青葉清斎《あおばせいさい》だ。

のどか屋が三河町にあったころから世話になっている本道《ほんどう》（内科）の医者だ。薬膳《やくぜん》にくわしく、どういう食材を組み合わせれば身の養いになるか、かねて時吉に薫陶《くんとう》を施してきた。

妻の羽津《はつ》は産科医で、千吉を取り上げてくれた。早産だったおちよと千吉にとっては命の恩人だ。

今日は薬種問屋へ寄りがてら、のどか屋に久方ぶりに顔を出してくれた。千吉にいいなずけができたという話を人づてに聞いたらしい。

「来年からは、毎日わたしが二幕目もやります」

千吉が言った。

「若おかみと力を合わせてね」

おちよがおようのほうを手で示した。

すでにあいさつは終えている。せっかくだからと清斎におようを診てもらった。脈も目も舌もきわめてまっとうで、どこも心配はないという診立《みた》てだった。

「気張ってやります」

おようは笑顔で言った。

「こういうおいしい料理を出していれば、繁盛間違いなしだからね」

総髪の医者は笑みを返して、五目ちらしを口に運んだ。

中食の膳の顔だが、二幕目の客にもと多めにつくっておいた。甘辛く煮た人参、椎茸、干瓢《かんぴょう》とさわやかな酢飯がよく合う。錦糸玉子と紅生姜、それに真っ白な酢蓮《すばす》と絹さやを散らせば、彩り豊かな五目ちらしになる。

食材がどういう働きをするか、清斎は千吉に事細かに教えながら五目ちらしを平らげた。

「学びになりました。ここに白胡麻を加えれば申し分のない出来になるようだ。

千吉は頭を下げた。

「受け答えもしっかりしているね。これなら本当に繁盛間違いなしだ」

医者は太鼓判を捺した。

「羽津先生にもよしなにお伝えくださいまし。取り上げていただいた千吉が、年明けにはもう嫁取りだと」

おちよが言った。

「ああ、伝えておきますよ。きっと喜ぶでしょう」

清斎は笑顔で答えた。

六

月の終わりの巳の日――。

のどか屋の中食の膳は栗《くり》ご飯だった。

栗の風味をそがないように、昆布で取っただしと薄口醬油、それに塩と酒でやさしい味に仕上げる。名脇役の油揚げを入れ、白胡麻を振った自慢の味だ。

これに、味醂を刷毛で塗ってほどよく焼いた鰺の干物と、茄子と葱と豆腐の味噌汁がつく。今日も三十食がまたたくうちに売り切れた。

短い中休みが終わり、おちよが再びのれんを出したとき、通りの向こうから駕籠がやってきた。

もしやと思ったら、案《あん》の定《じょう》だった。駕籠に乗っていたのは隠居の大橋季川だった。

駕籠屋の手を借り、杖をついてゆっくりのどか屋に入る。

「正玄さんはまだかい」

隠居がおちよに訊いた。

「ええ。そろそろ見えると思いますけど」

おちよは答えた。

「なら、先に上がらせてもらうよ」

隠居は文机《ふづくえ》や座布団が置かれた座敷に上がった。

「いらっしゃいまし。若おかみは呼び込みに出かけていますが、おっつけ戻るかと」

時吉が告げた。

「もし戻りが遅れたら、わたしだけでやります」

いくぶん硬い表情で千吉が言う。

「まあ、遊びだからね。軽い気持ちで」

季川が笑みを浮かべた。

「俳諧の本を買って、二人で学んでいましたから」

と、時吉。

「ほほう、それは感心だね」

隠居がいくらか身を乗り出す。

「むずかしくて分からないところもありましたけど」

千吉は苦笑いを浮かべた。

「まあ、やっているうちに分かってくるさ」

季川がそう言ったとき、また駕籠屋の声が響いてきた。

ほどなく、高原正玄がのどか屋に姿を現した。

七

季川と弟子の正玄が顔を合わせるのは久しぶりだ。久闊《きゅうかつ》を叙《じょ》し、しばらくは昔話に花が咲いていた。

そのうち、おようとおけいが客をつれて帰ってきた。正玄へのあいさつに客の案内に、若おかみは大忙しだ。

「しばらくは落ち着いてからだね」

隠居が言った。

「お料理をどんどんお運びしますので」

おちよが言う。

「はは、句会のあいだはそれなりでいいよ」

隠居が笑みを浮かべた。

「そうそう。柳屋のおもんさんは達者で働いていましたよ」

正玄が時吉に告げた。

「さようですか。それは何よりです」

厨で手を動かしながら、時吉は白い歯を見せた。

「くれぐれもよしなにと」

千住宿から来た俳諧師の差配が言った。

「宗兵衛ちゃんも元気でしたか？」

千吉が訊く。

「ああ、元気に歩く稽古をしていたよ。旅籠のおかみとあるじも、おもんさんに入ってもらって助かったと」

正玄は答えた。

「いい按配に進んで良かったです」

おちよのほおにえくぼが浮かんだ。

ほどなく、案内を終えたおようが戻ってきた。

「よし、料理を運んで」

千吉が声をかけた。

「はい」

若おかみがいい声で答える。

まず出されたのは刺身の盛り合わせだった。活きがいいからこそ出せる秋刀魚や、そろそろうまくなってきた鮃《ひらめ》などがとりどりに盛られている。

「お待たせいたしました」

おようが座敷に皿を運んだ。

「おお、こりゃうまそうだね」

隠居が言う。

「お酒をほどほどにしておきませんと」

と、正玄。

「天麩羅も次々に揚げますので」

厨から時吉が言った。

「千坊の手は空きそうかい？」

隠居がたずねる。

「はい、ただいま」

その返事を聞いて、おようが軽く胸に手をやった。

俳諧の書を読んだとはいえ、初めからおのれが座敷に上がって句会ではいささか荷が重い。

「なら、行ってこい」

時吉がうながした。

「承知で」

のどか屋の二代目が座敷に加わった。

八

海老に松茸に菊菜《きくな》。とりどりの天麩羅が供されたところで、やおら句会が始まった。

「わたしが発句でいいかい？」

季川がおのれの胸を指さした。

「もちろんですよ、師匠」

座敷に上がったおちよが答えた。

「では、わたしが付けさせていただきます」

正玄が手を挙げた。

ほどなく順が決まった。

季川、正玄、おちよ、千吉（とおよう）。この順で九句ずつ詠めば、三十六句の歌仙になる。

「むずかしい座などはいっさいなしで、とにかく前の人の句に付けていきましょう」

季川が言った。

「承知しました」

正玄が笑みを浮かべる。

「字が分からなかったら訊きますから」

清記《せいき》役のおちよが言った。

「助けてね」

千吉が早くもおように言う。

「なるたけ気張って」

おようがそう答えたから、のどか屋に和気が漂った。

「では」

隠居が一つ座り直し、かねて思案してきたとおぼしい発句を披露した。

大川や夏のほまれは若おかみ　季川

例の一件を詠《よ》みこんだ句だ。

「えー、わたしのことですか?」

蓮根煎餅《れんこんせんべい》を運んできたおようが目をまるくした。

かりかりに揚げた蓮根に塩を振るだけで、こたえられない酒の肴になる。天麩羅に加えてこれがあれば、ひとまず句会のあいだは大丈夫だ。

「では、歌仙の名は『若おかみの巻』ですね」

正玄は笑みを浮かべ、いくらか思案してから脇句《わきく》を付けた。

蜻蛉《とんぼ》消えゆく夕焼けの空　正玄

今日のおようのつまみかんざしは、このところお気に入りの蜻蛉だ。

「うーん、どうしよう」

おちよが腕組みをした。

なかなか次の句が出てこない様子だ。

「こういうときは、料理を口にしたらいい思案が生まれるもんだよ」

隠居が温顔で言った。

「なるほど……じゃあ、失礼して」

おちよは海老天をつゆにつけて口に運んだ。

どの幸も衣をまとひ大皿に　ちよ
それを聞いた千吉が、意外にもただちに付けた。

右も左ものどか屋の味　千吉
「はは、どの句にも合う脇句を思案してきたね」

季川が楽しそうに笑った。

「初めだけで」

千吉が髷に手をやった。

そんな調子で、和気藹々《わきあいあい》のうちに句会は進んだ。

今日は貸し切りではないから客は来る。岩本町の御神酒徳利は一枚板の席に陣取り、千吉とおように励ましの声を送った。

猫ひよいと飛び乗り歩く寺の壁　季川
木魚泳がず打たれてゐをり　正玄
精進の椀にひとひら菊の花　ちよ
彩りによし天麩羅もよし　千吉
喜びの音に変わるや鍋の中　季川
ちゃりんちゃりんと銭鳴る音も　正玄
ありがたく存じますとけふもまた　ちよ
三十食かぎり四十文　千吉
厨から二代目の声のれん出る　季川
お待たせしましたと若おかみの顔　正玄
大おかみも後に控えて次の膳　ちよ
四十食かぎり三十文　千吉

「それぱっかりじゃねえかよ、千坊」

湯屋のあるじが笑った。

「ここいらで若おかみと代わりだな」

野菜の棒手振りが身ぶりをまじえる。

そんなわけで、千吉の代わりにおようが入ることになった。

どこからも江戸なら行ける大川は　季川
闇にほのかに屋根船あかり　正玄
幾竿の渡しなるかな鳥の影　ちよ
四つ数へてあとはおぼろに　よう
切絵図の坂は平らでありしかな　季川
馬に鞭打つ音響く夕　正玄
厨では今日も今日とて皿洗ひ　ちよ
磨き抜かれた白のすがしさ　よう
扇から風は生まれて消えて行き　季川
袋小路に咲く花もあり　正玄
どの路地も風は流れて暮れて行き　ちよ

またたく星を数えて帰る　よう

「わたしよりはるかに上手だよ」

千吉が感心したように言った。

「うん。堂に入ってるね」

季川もほめる。

「書物を読んで学びましたので」

おようが言った。

「この若おかみなら、のどか屋も安心だな」

富八が白い歯を見せた。

「跡取りさんの句は不安が募ったがよう」

寅次がそう言ったから、のどか屋に笑いがわいた。

歌仙はいよいよ締めに入った。

この橋を渡らばなつかしき人の待つ　季川
どの町もだれかのふるさと　正玄

里の香も漂ふ鍋も供されて　ちよ
楽しくうごく箸の数々　よう
けふもまたのれんをくぐる人の笑み　季川
旅籠もついてあとはのんびり　正玄
朝餉ありこれぞ名物豆腐飯　ちよ

「なんだか引札《ひきふだ》みたいになってきたね」

隠居がおかしそうに言った。

「なら、最後に締めてください、若おかみ」

おちよはおようにほほ笑みかけた。

「引札でいいですから」

正玄も言う。

「さようですか。なら……」

ちらりと千吉のほうを見やると、おようは明るい声で挙句《あげく》を発した。

「横山町の小料理のどか屋」

終章　なつかしい場所

一

句会からいくらか経った日の二幕目――。

おけいがあわただしくのどか屋に入ってきた。

「遅くなりました、おかみさん」

おちよに頭を下げる。

「どうだった？　美濃屋さんの出見世《でみせ》は」

おちよがたずねた。

多助とおそめが浅草の駒形堂の近くに出した小間物屋は、いよいよ見世びらきをして数日経った。そこで奉公を始めた一人息子の善松を案じて、今日はおけいが様子を見に行ってきたところだ。

「幸い、繁盛してました」

おけいは笑みを浮かべた。

「それは何より」

おちよが笑みを返す。

「善松ちゃんもつとめてたかい？」

一枚板の席から元締めが訊いた。

「ええ。おかあは来なくていいと言われました」

と、おけい。

「そりゃ成長の証《あかし》だね」

信兵衛がうなずいた。

「これでひと安心だ」

厨で時吉が白い歯を見せた。

いまつくっているのは鯵のつみれだ。煮て椀だねにしてもいいし、揚げてもうまい。

素朴な味にほっとする料理だ。

千吉は紅葉屋番だ。おようは呼び込みに出ているが、まだ帰ってこない。

「多助さんとおそめちゃんに任せていたら、善松ちゃんも立派に育つから」

おちよがおけいに言った。

「案じても仕方ないですものね」

おけいが母の顔で答えた。

二

「酢が足りなくなってきたな」

翌日の中食の支度をしているとき、時吉が言った。

「このところ、ちらし寿司をわりと出してるから」

おちよが言う。

「だったら、竜閑町《りゅうかんちょう》の安房屋《あわや》さんまで行ってきます？」

千吉がたずねた。

「なら、ついでにおようちゃんを紹介がてら、清斎先生と羽津先生の診療所もたずねてみたらどうかしら」

おちよが水を向けた。

「そうだな。それがいいかもしれない」

　時吉が言う。

「酢の樽を運ぶのは骨だから、約だけ入れてあとで届けてもらうようにしましょう」

　おちよが段取りを進めた。

「だったら、善は急げだ。中食が終わったら、三人で行ってきてくれ」

　時吉が言った。

「承知で」

　千吉が両手を軽く打ち合わせた。

　中食は茸づくし膳だった。

　甘辛く煮た椎茸と錦糸玉子と紅生姜と白胡麻と絹さや。彩りも美しいちらし寿司に、目を瞠るほどに盛られた舞茸と平茸の天麩羅。それに、なめこおろしの小鉢と上品な松茸のお吸い物がつく。

「あー、食った食った」

「天麩羅は塩胡椒も揚げ加減もちょうど良かったぜ」

「ちらし寿司もお替りしてえくらいだった」

　なじみの左官衆が満足げに言った。

そんな調子で、中食の三十食はまたたくうちに売り切れた。

短い中休みになった。

「今日の呼び込みは一人でやるので」

おけいがおように言った。

「相済みません。よろしゅうお願いします」

若おかみが答える。

「なら、両先生によしなに」

時吉が右手を挙げた。

「はい、承知で」

おちよが答えた。

「行ってくるね」

初代と同じ柄をした二代目のどかに向かって、千吉が声をかけた。

三

竜閑町の醤油酢問屋の安房屋は、のどか屋とは深い縁《えにし》で結ばれている。

先代のあるじの辰蔵《たつぞう》は、のどか屋が三河町にあったころの常連だった。隠居の季川と並ぶ両大関のようなものだ。

さりながら、のどか屋も焼け出された大火に巻きこまれ、不幸にも命を落としてしまった。

深い悲しみに包まれた安房屋だが、跡取り息子の新蔵《しんぞう》が立派に身代を継ぎ、娶《めと》った妻とのあいだにはいくたりも子ができている。江戸の醤油酢問屋のなかでも五本の指に入るあきないぶりだ。

「これはこれは、のどか屋のおかみさんに……千吉坊ちゃん？」

あるじは驚いたように訊いた。

「さようです。わたしより背が高くなりまして」

おちよが身ぶりをまじえた。

「ご無沙汰しております」

千吉が如才なく頭を下げた。

「いつのまにか立派になられて、どなたかと思いました」

安房屋のあるじが笑みを浮かべた。

「年が明けたら、ここにいるいいなずけのおようちゃんと祝言を挙げることになってるんです」

おちよが手で示した。

「ようと申します。ふつつか者ですが、よしなにお願いいたします」

おようが頭を下げた。

今日はふくら雀のつまみかんざしだ。雀もひょこりと礼をする。

「さようですか。それはそれはおめでたいことで」

新蔵は満面の笑みになった。

「それで、今日はあきないも兼ねておりまして、酢を一樽お願いしたいと存じます」

おちよが用向きを告げた。

「承知いたしました。ちょうど半田《はんだ》から船が着いたばかりなので、いい品をお届けしますよ」

安房屋のあるじは笑顔で答えた。

造り酒屋だった知多《ちた》の半田の中野《なかの》又左衛門《またざえもん》という男が一念発起し、分家の酢の醸造所を立ち上げた。そこでつくられた粕酢《かすず》は評判を呼び、江戸に運ばれて寿司に使われるようになった。いまに続くミツカン酢だ。

「どうかよしなにお願いいたします」

おちよが頭を下げた。

「若おかみと力を合わせて、おいしいお寿司をお出ししますので」

千吉の声に力がこもった。

「そのうちいただきにまいりますよ」

新蔵が言った。

「お待ちしております」

おようが若おかみの顔で答えた。

四

安房屋の敷地のいくらか奥まったところに、青葉清斎と羽津の診療所があった。

もとは皆川町《みながわちょう》にあったのだが、火事で焼け出されてこちらに移った。長患いの患者のための長屋までついた堂々たる構えだ。そちらの長屋には、療治暮らしの無聊《ぶりょう》を慰めるための猫がいる。のどか屋のゆきが産んだ子だから、ここも猫縁者だ。

先日、のどか屋に来てくれた清斎にあいさつしたあと、羽津の診療所に顔を出した。

片倉鶴陵《かたくらかくりょう》という名医の薫陶を受けた羽津は、江戸でも一、二を争う女産科医だ。

腕のたしかさは折り紙付きだから、待合所には患者が詰めかけていた。

ちょうど診察が途切れたところで、手短にあいさつだけして帰ることにした。

「まあ、千吉さん、立派になられて」

羽津は目を瞠った。

久方ぶりに会う者は、こぞって同じような顔つきになる。

髪はだいぶ白くなってきたが、血色はすこぶるいい。いくつもの命を救ってきた産科医の揺るぎなき自信を感じさせる顔つきだ。

「ご無沙汰しておりました。あの、来年……」

千吉はおようを紹介しようとした。

「あ、それは清斎から聞きました。おめでたく存じます」

産科医はおようにほほ笑みかけた。

「ようと申します。縁あって千吉さんと夫婦《めおと》になることになりました。どうかよしなにお願いいたします」

おようはていねいにあいさつした。

「縁あって、とはいい言葉ね」

羽津がほほ笑む。

「はい」

おようが笑みを返した。

「子宝に恵まれたら、ぜひ診させてくださいね」

羽津が言った。

「……はい」

今度は恥ずかしそうに答える。

「親子二代になりますね。千吉のときは大変だったから」

おちよが言った。

「憶えてないから」

と、千吉。

「憶えてたら大変よ」

おちよが半ばあきれたように言ったから、診療所に和気が漂った。

五

羽津の診療所を出た三人は、出世不動にお参りしてから帰ることにした。

千吉が生まれる前から、時吉とおちよが折にふれてお参りしてきたなつかしい場所だ。

「あっ、いい匂いがしてきた」

千吉が手であおいだ。

「お団子屋さんかも」

おようが言う。

「あっ、そうみたいね」

おちよが少し足を速めた。

出世不動の近くに、初めて見る団子屋があった。店の前には長床几もしつらえられている。

「古いなじみのお見世もあれば、新たにできるお見世もある。そうやって江戸の町は続いてきたのね、どこも」

おちよが感慨深げに言った。

団子屋ではちょうど団子が焼かれていた。

「へい、いらっしゃい」

鉢巻き姿のあるじが声をかける。

「醤油味の焼き団子ですね？」

おちよが問うた。

「さようです。持ち帰りでも、ここでのお召し上がりでも」

おかみが愛想よく答えた。

「なら、休んでいこうよ」

千吉が水を向けた。

「わたしはこれくらいで」

おようが指を二本立てた。

結局、みな焼き団子を二本ずつ注文した。

「お茶もお団子もおいしい」

おちよが目を細くした。

「ちょうどいい焼き加減で」

おようも和す。

ほどなく、なつかしい顔が見世の前を通りかかった。

鎌倉町《かまくらちょう》の半兵衛《はんべえ》親分だ。

土地《ところ》の十手持ちで、若いころは水際立《みずぎわだ》った美男で名がとどろいていた。さすがに髷には白いものが目立ってきたが、かつての面影はまだ充分に残っている。

「これはこれは、だれかと思ったら、のどか屋のおかみさんでございますか」

半兵衛親分は以前と変わらぬ一分《いちぶ》の隙もない物腰で言った。

「ご無沙汰しておりました、親分さん。今日は安房屋さんへ酢を注文してから、千吉と一緒に清斎先生と羽津先生にごあいさつしてきたんです」

おちよが跡取り息子のほうを手で示した。

「ご無沙汰しておりました」

千吉が頭を下げた。

「ずいぶんと立派になられましたね」

半兵衛親分は瞬きをした。

その後はおようを紹介し、なおしばし話をした。

遅く所帯を持った常磐津の師匠とのあいだには三人の子ができ、息災《そくさい》に暮らしているらしい。物腰はやわらかいが、いざというときに頼りになる十手持ちとして、いまも町の人々から頼りにされているようだ。

「では、祝言にはまいれませんが、達者でお過ごしください」

半兵衛親分は渋く笑った。

「親分さんもお達者で」

おちよが笑みを返す。

「では、御免《ひん》なすって」

品のある所作《しょさ》で手刀《てがたな》を切ると、半兵衛親分は悠然と歩み去っていった。

六

団子を食べ終えた三人は、出世不動に向かった。

「ここへ来ると、いろんなことを思い出すわね」

短い石段を上ったあと、おちよがしみじみと言った。

「なら、お参りを」

千吉が言った。

若い二人は並んで両手を合わせてお参りをした。

おちよが続く。

願いごとはたんとあったが、いちいち唱えているときりがない。

のどか屋のみなとお客さん、そして、江戸の人たちがどうかこの先も息災に暮らせますように。

大火などの災いや、はやり病などが起きませんように。

みなが笑顔で暮らせますように。

このささやかな暮らしが、どうか長く続きますように。

おちよは心からそう願った。

「にゃあ……」

うしろで猫のなき声がした。

一瞬、のどかかと思った。

大火ではぐれてしまったのどかと再会したのも、この出世不動だった。

だが……。

初代ののどかも、その娘のちのも亡くなってしまった。いまは同じ柄の二代目ののどかがのどか屋にいる。

「あっ、猫」

千吉が指さした。

姿を現したのは、のどかとはまったく違う柄の猫だった。
「そろそろ帰りましょうか。おようちゃんは本所までだし」
おちよが声をかけた。
「はい」
若おかみがうなずいた。
千吉と並んで、おようが歩いていく。
中食の膳をどうするか、二幕目の肴にこんなものはどうか。
若い二人の話が弾む。
いくらか離れて、おちよはその背を見ながら歩いた。
ああ、そうだったわ……。
おちよは思い出した。
若いころ、時吉とさまざまな相談をしながらこの通りを歩いた。
いまは成長した千吉が、いいなずけとこうして語らいながら歩いている。
そう思うと、おのずと胸の底からあふれてくるものがあった。
おちよは立ち止まり、目元に指をやった。
「お母さん、何してるの？」

間が空いてしまったことに気づいた千吉が振り向いて声をかけた。

「はいはい、いま行くよ」

おちよは笑みを浮かべた。

そして、足を速めて若い二人の後を追った。

[参考文献一覧]

『一流料理長の和食宝典』（世界文化社）
『土井善晴の素材のレシピ』（テレビ朝日）
土井勝『日本のおかず五〇〇選』（テレビ朝日事業局出版部）
田中博敏『お通し前菜便利集』（柴田書店）
田中博敏『旬ごはんとごはんがわり』（柴田書店）
畑耕一郎『プロのためのわかりやすい日本料理』（柴田書店）
『人気の日本料理2　一流板前が手ほどきする春夏秋冬の日本料理』（世界文化社）
野﨑洋光『和のおかず決定版』（世界文化社）
行正り香『レシピのいらない和食の本』（講談社）
松本忠子『和食のおもてなし』（文化出版局）
志の島忠『割烹選書　秋の料理』（婦人画報社）

志の島忠『割烹選書　むきものと料理』（婦人画報社）
料理・志の島忠、撮影・佐伯義勝『野菜の料理』（小学館）
柳原尚之『正しく知って美味しく作る和食のきほん』（池田書店）
鈴木登紀子『手作り和食工房』（グラフ社）
本橋清ほか『日本料理技術選集　婚礼料理』（柴田書店）
高井英克『忙しいときの楽うま和食』（主婦の友社）
栗原はるみ・菊間博子『覚えておきたい母の味』（扶桑社）

『復元・江戸情報地図』（朝日新聞社）
日置英剛編『新国史大年表　五-Ⅱ』（国書刊行会）
今井金吾校訂『定本武江年表』（ちくま学芸文庫）

ミツカンホームページ

時代小説

二見時代小説文庫

若《わか》おかみの夏《なつ》 小料理《こりょうり》のどか屋《や》 人情帖《にんじょうちょう》29

著者 倉阪鬼一郎《くらさかきいちろう》

発行所 株式会社 二見書房
東京都千代田区神田三崎町二―一八―一一
電話 〇三―三五一五―二三一一［営業］
〇三―三五一五―二三一三［編集］
振替 〇〇一七〇―四―二六三九

印刷 株式会社 堀内印刷所
製本 株式会社 村上製本所

 ISBN978-4-576-20093-4
https://www.futami.co.jp/

井川香四郎

ご隠居は福の神

シリーズ

以下続刊

① ご隠居は福の神
② 幻の天女
③ いたち小僧

「世のため人のために働け」の家訓を命に、小普請組の若旗本・高山和馬は金でも何でも可哀想な人たちに分け与えるため、自身は貧しさにあえいでいた。ところが、ひょんなことから、見ず知らずの「ご隠居」を屋敷に連れ帰る。料理や大工仕事はいうに及ばず、体術剣術、医学、何にでも長けたこの老人と暮らすうち、和馬はいつしか幸せの伝達師に！「ご隠居」は何者？ 心に花が咲く新シリーズ！

青田 圭一

奥小姓裏始末 シリーズ

以下続刊

① 奥小姓裏始末1 斬るは主命

竜之介さん、うちの婿にならんかね――。故あって神田川の河岸で真剣勝負に及び、腿を傷つけた田沼竜之介を屋敷で手当した、小納戸の風見多門のひとり娘・弓香。多門は世間が何といおうと田沼びいき。隠居した多門の後を継ぎ、田沼改め風見竜之介として小納戸に一年、その後、格上の小姓に抜擢され、江戸城中奥で将軍の御側近くに仕える立場となった竜之介は……。

麻倉一矢

剣客大名 柳生俊平

シリーズ

以下続刊

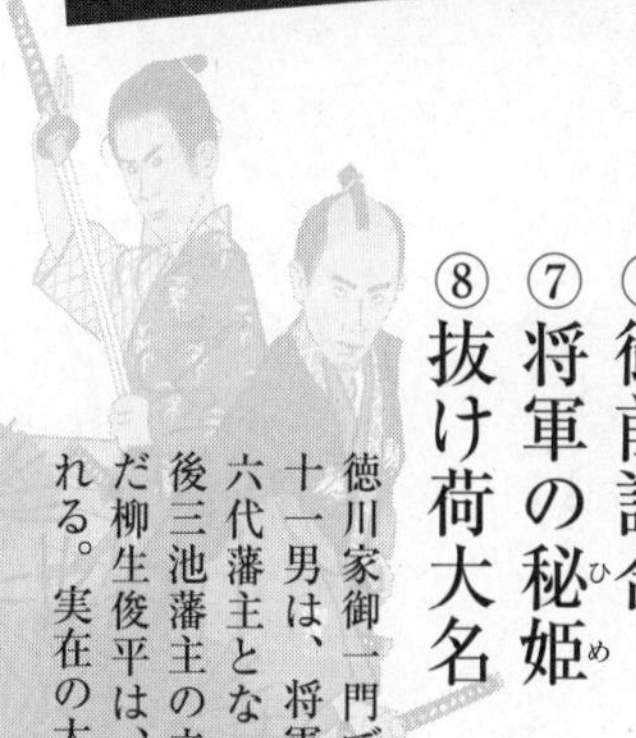

①剣客大名 柳生俊平 将軍の影目付
②赤鬚の乱
③海賊大名
④女弁慶
⑤象《ぞう》耳《みみ》公方
⑥御前試合
⑦将軍の秘《ひ》姫《め》
⑧抜け荷大名
⑨黄金の市
⑩御三卿の乱
⑪尾張の虎
⑫百万石の賭け
⑬陰富大名
⑭琉球の舞姫
⑮愉悦の大橋

徳川家御一門である久松松平家の越後高田藩主の十一男は、将軍家剣術指南役の柳生家一万石の第六代藩主となった。伊予小松藩主の一柳頼邦、筑後三池藩主の立花貫長と一万石大名の契りを結んだ柳生俊平は、八代将軍吉宗から影目付を命じられる。実在の大名の痛快な物語！

和久田正明

怪盗 黒猫 シリーズ

以下続刊

① 怪盗 黒猫

若殿・結城直次郎は、世継ぎの諍いで殺された妹の仇討ちに出るが、仇は途中で殺されてしまう。下手人は一緒にいた大身旗本の側室らしい？江戸に出た直次郎は旗本屋敷に潜り込むが、黒装束の影と鉢合わせ。ところが、その黒影は直次郎が住む長屋の女大家で、巷で話題の義賊黒猫だった。仇討ちが巡り巡って、女義賊と長屋の住人ともども世直しに目覚める直次郎の活躍！